Lucys Reise

Sebastian Seybusch

Lucys Reise

Das Land des Fischers

*Ein philosophisches Märchen über ein
verlorenes Mädchen und
Friedrich Nietzsche.*

Bibliografische Information der Deutschen Nationalbibliothek:
Die Deutsche Nationalbibliothek verzeichnet diese Publikation in
der Deutschen Nationalbibliografie; detaillierte bibliografische
Daten sind im Internet über http://dnb.dnb.de abrufbar.

Cover: „Another Perspektive", by Sean Bolster

Herstellung und Verlag: BoD – Books on Demand, Norderstedt
ISBN: 978-3-7526-4355-8

Lucys Reise

Für Rike.

Vorwort des Autors

Bei diesem Werk handelt es sich um eine künstlerische Studie zur Erfahrung der Philosophie von Friedrich Nietzsche. Dabei wurde auf literarischem Weg versucht, mit Ideen, biographischen Anspielungen und Interpretationen sein Denken und Wirken zu veranschaulichen, in Form von verschiedenen Charakteren lebendig zu machen und sich mit ihnen symbolisch auseinanderzusetzen.

Das Märchen umfasst dabei weder eine einfache Beschreibung, noch eine Lobpreisung seines Denkens. Es ist nach heutigem Forschungsstand unbestritten, dass Nietzsches Weltanschauung zu Zeiten des zweiten Weltkrieges keine geringe Rolle in der Verbreitung von sozialdarwinistischen Ideologien spielte. Dennoch, oder vielleicht genau aus diesem Grund, besteht in der Auseinandersetzung mit dieser Thematik auch noch im Jahr 2020 eine außerordentliche Dringlichkeit, um den Schrecken zu Beginn des 20. Jahrhunderts näher zu begreifen.

Ursprünglich war eigentlich geplant, eine akademische Hausarbeit zu diesem Thema zu verfassen, doch nach einiger Zeit fiel mir auf, dass es unmöglich ist, Nietzsches Philosophie zu reflektieren, ohne mit dem Dichten zu beginnen.

Teil I
Die Eule

I

Als das Mädchen erwachte, fand sie sich auf einem kleinen Hügel mitten in der Natur wieder. Die Sonne brannte auf ihren nackten Körper. Sie spürte einen stechenden Schmerz in ihrem Rücken und Beinen. Neben ihr lag ein kleiner Rucksack.

„Warum bin ich bitte nackt?", murmelte sie grimmig. „Sieht ganz danach aus, als wäre ich wie ein Engel vom Himmel gefallen. Wie großartig."

Ein schmerzerfülltes Grinsen zierte ihre Lippen, während sie sich aufraffte. Sie erblickte das verschwommene Bild einer wunderschönen Landschaft, die sich über ihr ganzes Sichtfeld erstreckte. Vor ihr lag eine gigantische Wiese mit tausenden Blumen in allen Formen und Farben, welche sich im Wind bewegten, um so ihre Pollen in die weite Welt hinaus zu pusten. Die verschiedensten Insektenarten schwirrten zwischen den Blumen umher, doch erst beim genaueren Hinsehen erkannte das Mädchen, wie die Bienen unter ihnen systematisch ihren Nektar sammelten, um ihn anschließend in die Welt hinaus zu tragen. Jede Biene schien exakt für eine Blume verantwortlich zu sein. Am

Horizont, hinter dem Wald, war ganz verschwommen ein Gebirge zu erkennen, welches sich in jede Himmelsrichtung ausstreckte und für das Mädchen wie eine Mauer wirkte.

„Vor was man sich an einem solchen Ort wohl schützen muss?", dachte sie sich und grinste erneut.

Sie schreckte jedoch zurück, als plötzlich ein Schatten über ihrem Kopf hinweg flog. Die grelle Sonne schmerzte in ihren Augen, als sie hastig in den Himmel blickte, um zu sehen, wer oder was so bedrohlich um sie herum flog. Sie fühlte sich wie eine Art Beute, welche jederzeit von einem Raubtier verschlungen werden könnte.

Es war ein Vogel, der langsam auf sie zuflog. Nach einiger Zeit erkannte sie, dass es sich ohne Zweifel um eine Eule handeln musste. Der mit schwarzen Federn bekleidete Raubvogel sah mit rot leuchtenden Augen auf das nackte Mädchen herunter, welches zusammengekauert auf der Spitze des Hügels lag.

Langsam landete die Eule neben ihr und bohrte ihre Krallen in das Gras.

„Das Vieh muss locker 5 Meter groß sein!", dachte das Mädchen, immer noch vor Schmerz und Angst gelähmt.

Die Eule drehte langsam ihren Kopf zu ihr herunter. Sie

öffnete ihren Schnabel und begann zu sprechen:

„OH, da ist ja meine junge Lucy! Jetzt sehe ich erst, dass du dir weh getan hast! Wenn ich nur gewusst hätte, dass du so wenig aushältst. Vielleicht war es auch ein wenig tollpatschig von mir, dich aus drei Metern auf diesen Hügel fallen zu lassen, aber streng genommen bist du sowieso selbst schuld, also fang erst gar nicht an, mir Vorwürfe zu machen!"

Verwundert betrachtete Lucy den massiven Körper der Eule. Ihre Stimme war viel zu hoch für ihre Größe, aber dennoch sprach sie im sanften Ton zu ihr. Auch dass sie überhaupt sprechen konnte erschien Lucy seltsam, aber aufgrund ihres sarkastischen Untertons wollte sie es erst mal dabei belassen. Ihre Angst legte sich ein wenig; ihre Neugier wurde geweckt: „Also hast du mich an diesen Ort gebracht?", fragte sie mit so ruhiger Stimme wie möglich, auch wenn sie sich ein leichtes Zittern nicht verkneifen konnte. Die Eule nickte zustimmend. Ihre Augen hatten ihre bedrohliche Aura verloren, es wirkte fast schon so, als habe sie ein wenig Mitleid mit ihr.

„Darf ich fragen, wer du bist? Wieso hast du mich hierher gebracht? Welchen Tag haben wir?..." Lucy schüttelte ihren Kopf und schaute auf den Boden, dann auf die Wiese, auf die Bäume, auf die Berge, auf die

Eule und wieder auf den Boden. „Wo bin ich überhaupt? Von wo komme ich?" Erst in diesem Moment fiel ihr auf, dass sie kaum Erinnerungen in sich trug. „Und die beinahe wichtigste Frage: Wieso bin ich nackt?"

„Nicht so hastig, leider ergeben deine Fragen nicht sonderlich viel Sinn: Die Zeit spielt in dieser Welt nach anderen Regeln. Aber falls es dich beruhigt, kann ich dir versprechen, dass du deine Kleidung noch früh genug finden wirst", antwortete die Eule belustigt, „und was dein Gedächtnis angeht; das wird sich schon wieder erholen. Vielleicht nicht vollständig, aber dafür bist du ja auch überhaupt nicht hier."

Sie putzte sich mit ihrem Schnabel die schwarzen Federn auf ihren Flügeln und es hörte sich an, als würden Säbel übereinander rasseln.

„Und wofür bin ich nun hier?", fragte Lucy ein wenig verwirrt.

Die Eule blickte ihr ins Gesicht und zwinkerte, während sie sprach: „So viele Fragen hat die junge Dame. Dabei hat sie wohl noch nicht gelernt, die richtigen Fragen zu stellen. Die wichtigen Fragen zu stellen. Ich verspreche dir, wenn du bereit bist, dich vor das wichtigste Rätsel zu stellen, so erhältst du auch im selben Atemzug alle Antworten auf all deine Fragen."

„Und was ist das wichtigste Rätsel ?", fragte Lucy.

„Die wichtigste Frage!", sagte die Eule und stieß ein leises Kichern aus.

Lucy kniff die Augen zusammen: „Hast du Spaß daran, mich mit deinem verwirrenden Gezwitscher zu ärgern? Findest du es etwa witzig, ein junges Mädchen nackt in eine Welt hinein zu werfen, in der sie nicht groß geworden und ihr vollkommen unbekannt ist? Ist das so etwas wie ein Spiel für dich?"

„Schon wieder so viele Fragen. Du bist völlig ängstlich und blind in dieser Welt und trotzdem suchst du nach so vielen Dingen. Wahrscheinlich wüsstest du nicht einmal, was du mit einem dieser Dinge wirklich anfangen solltest, wenn du sie erst einmal gefunden hättest. Ausnahmsweise möchte ich dir eine Frage stellen, sonst säßen wir noch morgen hier: Was nützt dem Maler schon die Farbe auf dem Pinsel, wenn er noch nicht einmal die Oberfläche kennt, auf die er sein Kunstwerk legen kann?"

Lucy dachte ein wenig nach. Sie erinnerte sich verschwommen, wie sie ihre Bilder bisher nur auf normale Leinwände oder auf Papier gemalt hatte. Abgesehen davon ergab die Frage auch sonst nur wenig Sinn, weil für sie immer die Idee eines Motivs im Vordergrund stand. Über die Oberfläche hatte sie sich nie wirklich viele Gedanken gemacht; wozu sollte man dies auch tun? „Ich kann mir beim besten Willen nicht vorstellen, dass du Ahnung von Kunst hast", schnaubte sie. „Du hast nicht einmal Finger, um einen Pinsel zu schwingen oder sonst etwas in dieser Art auf die Beine zu stellen. Und wenn du etwas über Kunstwerke wissen solltest, dann nur, weil du dir fremde Gemälde auf fremden Leinwänden aus fremden Köpfen angesehen hast! Du besitzt keine Oberfläche und ebenso wenig Pinsel, also was soll deine Frage?"

Ihre Stimme erhob sich, doch die Eule blieb gelassen, fast schon amüsiert. „Wie kommst du darauf, dass ich kein Künstler sei? Hab ich etwa keinen Kopf?"

Die Eule schaute Lucy erwartungsvoll an.

„Natürlich!", dachte sie nach einiger Zeit, holte tief Luft und fragte: „*Wer* bin ich?"

Zufrieden schaute die Eule in den Himmel. „Wurde aber auch Zeit."

II

„Und wie soll ich dein sogenanntes Rätsel lösen? Ich war schon immer ich und werde niemals jemand anderes sein", fragte Lucy, woraufhin die Eule antwortete: „Du hast nichts in dieser Welt gesehen und schon willst du ein Urteil über sie fällen."

Sie drehte ihr den Rücken zu und lief langsam in Richtung eines Trampelpfades. „Du wirst schon sehen. Ach, und bevor ich es vergesse: Ich möchte dir zwei kleine Geschenke mit auf den Weg geben..."

Die Eule glitt mit ihrem Schnabel durch ihr Federkleid und übergab Lucy ein graues Notizbuch und eine weiße Leinwand.

„Vielen Dank", sagte sie skeptisch und packte beides in ihren Rucksack, „dann wäre dein 'größtes Rätsel' und die 'Frage aller Fragen" wohl geklärt. Jetzt kommen wir bitte zu meinem wichtigsten Rätsel: Was habe ich genau mit diesem Ort zu tun? Es scheint mir fast, als wolltest du es mir verschweigen."

Lucy lief den Hügel, auf dem sie aufgewacht war, hinab auf den Trampelpfad zwischen den Blumenfeldern. Die Hitze des Sonnenlichts drückte in ihren Verstand und die verwirrenden Fragen des Vogels machten ihre Situation auch nicht angenehmer.

Die Eule antwortete nach einiger Zeit: „Niemand an diesem Ort trägt einen Namen und seine Geschichte spielt stets in der Gegenwart. Eine Legende besagt, dass sie vor ungefähr 17 Jahren entstanden ist. Viele Bewohner sind allerdings schon weitaus älter und niemand weiß so recht, wie das überhaupt möglich ist. Entweder unsere Ahnen belügen uns, oder die anderen sind aus irgendeinem Grund einfach hier 'erschienen'. Vielleicht war es auch ein Gott, der sie aus anderen Welten hier her brachte?" Die Eule lief neben Lucy her, mit gesenktem Kopf und ruhigem Schritt.

Verwirrt schüttelte Lucy den Kopf. „Das war keine Antwort auf meine Frage! Wieso gerade ich? Du hast mich immerhin hier her geschleppt! Du kannst mir nicht erzählen, dass du mir nicht mehr zu sagen hast! Ich bin völlig fremd in dieser Welt, ohne Karte, Kompass oder ähnlichen Dingen, und nun möchtest du mich hier einfach abladen und davon fliegen"

"Nun mach mal halblang!", sagte die Eule im ernsten Ton. „Du denkst wahrscheinlich, dass du so eine Art 'Heldin' oder 'Auserwählte' wärst, die unbedingt eine heilige Prophezeiung oder ähnlichen Blödsinn erfüllen muss, um das Böse in der Welt zu besiegen oder die Macht wieder ins Gleichgewicht zu bringen. Leider muss ich dich enttäuschen; das bist du nicht. Nichts und niemand erwartet oder verlangt irgendetwas dergleichen von dir. Ich habe dich in diese Welt geworfen, nun bist du auf dich allein gestellt. Du bist frei, junger Vogel, also fliege nun, wohin du willst und erfülle so viele Aufgaben, wie du möchtest."

Lucy schwieg eine Weile, während sie die Bienen und Schmetterlinge am Rand des Trampelpfades beobachtete. Irgendwie beneidete sie die Tiere um ihre Sorglosigkeit: Sie schienen nicht danach zu fragen, ob ihr Tun einen Sinn ergibt. Schon seit ihrer Geburt ist ihnen wohl das Geschenk der blinden Zielstrebigkeit mitgegeben worden. Ob sie wohl die Last von Verantwortung für das eigene Glück überhaupt kennen? Wissen sie überhaupt, was Glück bedeutet? Wahrscheinlich nicht. Könnten sie sprechen, würden sie bestimmt bestreiten, dass es so etwas wie Glück überhaupt gibt. Diese Glücklichen.

Also sah Lucy zur Eule und sprach mit besorgter Stimme: „Wenn dieses Gefühl von Enge und Schwebe der Ruf der Freiheit ist, dann will ich nicht auf ihn hören! Ich flehe dich an, hättest du nicht eine kleine Aufgabe für mich, oder wenigstens einen Hinweis, woran ich mich in dieser Welt orientieren könnte?" Sie war den Tränen nahe und die Luft um sie herum schien sich zu erhitzen.

Wie aus dem Nichts begannen die Bienen von den Feldern neben dem Trampelpfad wild zu summen und schwirrten über die Köpfe der beiden umher. Lucy erschrak beim Anblick des Schwarms und spürte eine starke Vibration auf der Haut. Es fühlte sich elektrisch an, als wären die Bienen in ihren Adern gefangen, die sich mit aller Kraft zu befreien versuchten. Das Gefühl dauerte nicht allzu lang an und nach kurzer Zeit verteilten sie sich wieder mit ruhigem Summen auf den Blüten der Wiese.

„Was hatte das denn zu bedeuten?", fragte sie die Eule, die mit rot leuchtenden Blick auf Lucys herunter sah und blinzelte.„Was wärst du denn bereit, für eine Aufgabe zu opfern?", fragte sie mit erschreckend tiefer Stimme.

Lucy antwortete eingeschüchtert: „Wie du siehst habe ich nichts dabei, außer einem Rucksack. Also, was habe ich schon zu verlieren?"

Die Eule hob ihre zerzausten Augenbrauen. „Natürlich wirst du nichts verlieren, was du *am* Körper trägst, jedoch hast du unendlich viele Dinge zu verlieren, mit wenigen Ausnahmen, die du *in* deinem Körper tragen könntest. Was du gewinnen oder verlieren wirst, zeigt sich erst, wenn du dich für eine Aufgabe entschieden hast. Wie du weißt, hat jede Entscheidung seine Konsequenzen und ich versichere dir; nun hast du die schwersten Zügel in der Hand. Also sag mir; bist du dazu bereit?"

Lucy runzelte die Stirn. „Also willst du mir nun doch helfen? Wie eigenartig. Sag mir; wieso fühlt es sich für mich an wie ein Teufelspakt? Was springt für dich dabei raus?"

„Na was soll schon für mich dabei herausspringen, wenn du eine meiner Aufgaben erledigst?", fragte die Eule. „Hör mir gut zu: Meine Herausforderungen sind kein Zuckerschlecken, und wären sie es doch, dann wäre diese Aufgabe dennoch scharf und bittersüß. Wenn du diese Reise beginnst, gibt es kein zurück mehr. Du könntest auch einfach hinaus in diese Welt gehen und dir etwas anderes suchen."

Darauf hatte Lucy gewartet. Sie wollte sich nicht anmerken lassen, wie sehr sie sich über das Angebot der Eule freute. Also schüttelte sie den Kopf und sprach: „Nein, wenn du mich schon hier her brachtest, so will ich dir auch einen Gefallen tun. Nun sag schon, was hast du für mich?"

Die Augenbrauen der Eule hoben sich erneut. „Nun gut", sagte sie und zeigte mit ihrer Flügelspitze den Trampelpfad entlang. „Lauf einfach weiter; irgendwann wirst du das Land des Fischers finden. Meine Aufgabe war es eigentlich, diesen Dolch dorthin zurück zu bringen, doch das kannst du nun erledigen. Sein letzter Besitzer war ein wenig, nennen wir es mal, ungeschickt. Also nimm dich in acht; die Klinge wurde in Schlangengift getaucht. Fass ihn niemals mit bloßen Händen an, solang er noch davon benetzt ist. Es sind schon stärkere Menschen an seiner Macht zugrunde gegangen, glaube mir."

Die Eule bewegte erneut ihren Schnabel durch das schwarze Federkleid auf ihrem Rücken und holte einen kleinen Dolch mit goldenen Griff und roter Klinge hervor. Sie platzierte ihn vor Lucys Füße.

„Aber wie kann ich das Land des Fischers denn erkennen?", fragte Lucy und bückte sich zum Dolch hinunter. Das Ende seines Griffs ähnelte einer Sonne, die von einer Schlange umschlungen war.

„Das wirst du wissen, sobald du es gefunden hast; glaube mir", versicherte die Eule und platzierte anschließend ein kleines Stofftuch neben den Dolch. „Sobald du diese Waffe in deinen Besitz genommen hast, musst du deine Aufgabe erfüllen. Also frage ich dich zum letzten mal; nimmst du sie an?"

Lucy zögerte noch eine Weile, bis sie schließlich den Dolch mit dem Tuch ergriff. Ein ohrenbetäubender Knall ließ sie zusammenzucken. Die Erde bebte für einen Moment, sodass Lucy zu taumeln begann. „Und was war das nun wieder?", erschrak sie.

Die Eule schaute in den wolkenfreien Himmel. „Also ein Gewitter war es sicherlich nicht", spottete sie.

Lucy legte den Dolch in in ihren Rucksack. „Und wie kann ich das Land des Fischers finden? Ich nehme mal an, dass es nicht am Ende dieses Pfades liegen wird."

Die Eule schüttelte den Kopf. „Das kann ich dir nicht beantworten. Was ich dir allerdings versprechen kann: Wenn du von nun an die Ideen dieser Welt mit offenen Ohren und Augen empfängst, so wirst du es finden. Wessen Ideen das möglicherweise sein werden, hast du soeben entschieden. Und wer weiß, vielleicht errätst du ja auf deiner Reise des größten Rätsels Lösungsweg?"

Lucy stutzte. „Also kann man mir dort sagen, wer ich bin? Weiß es vielleicht der Fischer?"

„Nein, ich denke nicht", antwortete die Eule. „Doch vielleicht wirst du auf deiner Reise lernen, zu werden, der du bist."

Noch bevor Lucy etwas zu diesem Widerspruch sagen konnte, sprach die Eule weiter: „Genug davon; von hier an trennen sich unsere Wege. Ich wünsche dir viel Glück auf deiner Reise durch diese chaotische Welt. Sicherlich wirst du vielen Dingen begegnen, die du nicht verstehen wirst, doch ich verspreche dir, es lohnt sich, genauer hinzusehen. Aber ich warne dich: Verlasse auf keinen Fall die Trampelpfade und Straßen auf deinem Weg zum Land des Fischers. Halte dich fern vom Wald. Es könnte sein, dass ein ungeschultes Auge dort nichts weiteres erkennt, als puren Wahnsinn. Wenn du dich dennoch verlaufen solltest: Folge den

Bienen; das sind weise Tiere und wenn du Glück hast, sind sie ab und zu auch hilfsbereit."

Die Eule breitete ihre Flügel aus. „Leb wohl! Wir werden uns eines Tages wiedersehen, versprochen. Erinner' dich an unser Gespräch. Ich bin niemals wirklich fort.." Mit einem heftigem Windstoß stieg die Eule in Richtung Himmel empor, sodass sich Lucy ihre Hände vor das Gesicht halten musste, um keinen Staub in die Augen zu bekommen.

„NEIN WARTE", schrie Lucy verzweifelt. Doch es war zu spät und sie konnte nur zusehen, wie der Raubvogel am Horizont verschwand. Sie fühlte sich von ihr allein gelassen, ja schon fast betrogen.

Wie konnte die Eule es nur wagen, sie mit nichts als einem giftigen Dolch und einer verwirrenden Wegbeschreibung in diese Welt hinaus zu lassen?

Also lief Lucy den staubigen Trampelpfad weiter entlang. Stunde um Stunde folgte sie ihm, während die pralle Wüstensonne auf ihren Kopf herab schien. Durch ihre Hitze wirkte die gesamte Umgebung wie eine Fata Morgana, sodass Lucy befürchtete, dass sie das Land des Fischers nicht einmal erkennen würde, wenn es direkt vor ihr läge. Die Blumen auf den Feldern verwelkten. Wahrscheinlich würde sie bald durch einen Sonnenstich sterben.

Erschöpft sackte sie zusammen und spielte mit dem Gedanken, einfach dort sitzen zu bleiben und abzuwarten, bis die Eule wieder käme, um sie dort wieder wegzubringen. Irgendwann müsste sie ja kommen, sonst würde sie schließlich ihr Versprechen eines Wiedersehens brechen. Aber wie sehr kann man sich schon auf das Wort eines Raubvogels verlassen?

Das Mädchen verharrte eine Zeit lang in ihrer Position auf dem Boden und schaute in den Himmel. Ein leichte leichte Brise zog übers Land und ein paar kleine Wolken begannen die Sonne zu verdecken, sodass sich die Luft ein wenig abkühlte und die Schweißperlen auf ihrer Stirn zu trocknen begannen. Auch ihr Geist schien sich ein wenig zu erholen, ein paar Gedanken der Klarheit durchzogen ihren Verstand. Sollte sie es nicht wenigstens versuchen?

Noch bevor sie sich wieder aufraffen konnte, erregte ein leises Knistern ihre Aufmerksamkeit. Es war ein recht dunkles Stück Papier, das vom Wind über den Weg gefegt wurde und an ihr vorbei flog. Blitzschnell griff sie danach und entfaltete es.

Es war ein Gedicht darauf zu erkennen, das wohl jemand mit Schönschrift und roter Tinte auf das Papier geschrieben hatte. Jedenfalls wollte sie nicht daran glauben, dass es etwas anderes als Tinte war.

Neugierig las Lucy die Zeilen:

„Kleine Ariadne, als Fremde kamst du in dies Land,

ohne Gehstock, ohne Farbe, ohne Dolch in deiner Hand,

doch sieh, dort ist ein Weg; ein Ziel im Geiste und Verstand,

hin, zum höchsten Berge reisend, bis zum Rand in diesem Land!

Kleine Ariadne, was wirst du hier erblicken?

Sind es Wälder, sind es Täler, sind es Flüsse, sind es Brücken?

Wirst du es uns erzählen, wirst du die Wiederkehr verkraften?

Wird dich dies' Wahrheit dann befreien, oder wird sie dich belasten?

Kleine Ariadne, komm; wir bauen dir ein Boot,

auf dass du fährst, durch Sturm und Wind, bis hin in deinen Schoß,

dort werd' ich auf dich warten, geschwind' zu reisen ist dein Los,

so wünsch' ich dir viel Glück, in Liebe, dein Dionysos."

„Wer zum Teufel ist Ariadne?",

sprach Lucy zum Papier und steckte es in ihre Tasche.

Der Reisende

I

Enttäuscht schlug sie die Hände über den Kopf zusammen und ließ sich mit einem Stöhnen auf den Rücken fallen. Dieser alte Fetzen konnte ihr auch nicht weiter helfen, auch wenn sie die Schönheit der Zeilen ein wenig bewunderte.

Plötzlich spürte sie ein leichtes Beben im Boden; es mussten ohne Zweifel die Schritte eines Menschen sein. Wer könnte dies sein, so mitten im nirgendwo?

Sie richtete sich auf und sah sich um: Hinter ihr lief ein Mann mittleren Alters auf sie zu, mit Stock, Hut und Wanderschuhen ausgestattet.

Als er das Mädchen erblickte, erschrak er kurz, doch lief dann begeistert auf sie zu. „Oh lala, wen haben wir denn da? Ist es ein Mädchen, ja schon eine junge Frau? Was tut sie hier nackt auf meinem Wege; lieber Gott hinter den Bergen, soll ich sie mit deinem Stoff bekleiden? Könnte es sogar eine Gefährtin werden, zu so einsamer Stunde meines Weges? Sag mir, junge Frau, wie ist dein Name?"

Lucy beäugte den Fremden und trat drei Schritte vor ihm zurück. „Mein Name ist Lucy. Aber darf ich fragen, wer du bist? Verzeih' mir bitte meine Besorgnis, doch ich kenne diesen Ort nicht und man kann niemals wissen, wem man so alles begegnet."

Der Mann lächelte und sprach: „Oh, im Namen von unserem Herren, sei ohne Sorge. Ich bin nur ein Reisender, der alle Länder und Welten sehen möchte; und der Schöpfung möchte ich ein Loblied singen. Einst war ich ein Mann der Gotteshäuser, doch nun habe ich mich von meinem Amt gelöst. Also möchte ich herausbrechen und den verlorenen Seelen dieser Welt einen Anker schenken. Was bringt uns schon das Wort Gottes in kalten Gebäuden aus Stein? Wozu braucht man Synagogen, Klöster, Kirchen und Moscheen, in denen die Decken zwar von Bildern verziert sind, jedoch die Sonne verstecken?"

„Wahrscheinlich die Angst vor dem Unwetter?", fragte Lucy. Er hielt einige Sekunden inne, nahm einen tiefen, genüsslichen Atemzug und sprach: „Oh mein Kind, wenn du nur wüsstest, wie recht du damit hast! Auch ich reise vor einem Unwetter davon. Sag mir, möchtest du mich begleiten und das Wort Gottes über diese Lande bringen?"

„Lass mich überlegen", antwortete Lucy, setzte sich im Schneidersitz in den Schatten des Reisenden und dachte nach. Sie erinnerte sich, dass sie als Kind sehr religiös war und nie an einen, allmächtigen, gütigen

Gott zweifelte. Doch nach dem Tod ihrer Mutter änderte es sich schlagartig, weil...moment...

Lucy packte sich an den Kopf und stieß einen qualvollen Schrei aus. Eine heftige Böhe fegte über das Land und die Bienen, Blüten und Pollen der Felder schleuderten kreuz und quer durch den Wind. Ein Sturm peitschte um Lucy herum; im Auge eines Tornados zwischen Chaos, Angst und Wut brüllte sie in den Himmel und weinte bitterlich. Getrieben von dem Drang, etwas zu verfluchen, suchte sie in ihren Erinnerungen für einen Verantwortlichen, doch fand niemanden. Sie wusste nicht, ob es nun ein Unfall oder eine Krankheit war. Aber was spielte das schon für eine Rolle; ermordet hat sie sicherlich niemand.

„WIR MÜSSEN HIER WEG!", schrie der Reisende und packte das Mädchen am Handgelenk. Sie zog ihre Hand jedoch blitzschnell zurück und ballte ihre Fäuste. Ohne mit der Wimper zu zucken ging sie auf ihn los und prügelte auf ihn ein. Mit der ersten Träne kam der erste Regentropfen, und mit dem ersten Schlag kam der erste Blitz. Ihr Brüllen konnte nur noch vom Donner übertönt werden. Das elektrische Gefühl war wieder da, doch diesmal war es so, als zöge sich ihr ganzer Körper in einem Krampf zusammen. Nun wollte auch sie davonlaufen. Nun wollte auch sie ausbrechen.

Der Reisende stoß sie mit übertriebener Vorsicht zurück und versuchte, sie zu beruhigen. Sie verstand kaum ein Wort von dem, was er predigte, jedoch hörte sie einen Satz aus seinem Gestotter klar und deutlich heraus: „Gottes Wege sind unergründlich."

Lucys Hand wanderte langsam zum roten Dolch in den Rucksack. Sofort verdunkelte sich die Sonne und färbte sich schwarz, sodass alle Farben zusammen mit dem Schatten des Reisenden verschwanden.

Der Reisende geriet in Panik ;„KOMM SCHON, WIR WERDEN HIER DRAUßEN STERBEN WENN WIR UNS NICHT BEEILEN! SIEHST DU ES DENN NICHT, WIE GOTT ZU DIR SPRICHT? ER WILL DICH BEHÜTEN; ALSO SCHICKT ER DICH FORT VON DIESEM PFAD! JETZT KOMM!" Er packte nach Lucys blutüberströmten Händen, welche langsam in seinen Armen das Bewusstsein verlor.

Er hob sie hoch. Das Wetter wurde allmählich stiller. Er rannte mit ihr zu einer kleinen Holzhütte in der Nähe des Waldes und legte sie auf ein Bett in der linken Ecke des Raumes, kniete neben ihr, zündete eine Kerze an und begann zu beten, bis Lucy langsam in einen traumlosen Schlaf fiel.

II

Weiße Sonnenstrahlen kitzelten Lucys Nase. Mit müdem Blick schaute sie aus dem Fenster neben ihrem Bett. Es schien noch in der früh zu sein; jedenfalls fühlte es sich so an. Ein trostloser Nebel umgab das Land und die stickige Luft in der Hütte machte ihr das Atmen schwer. Ihr Gesicht war rau von dem Salz ihrer Tränen und ihr Handgelenk schmerzte, als sie sich den Schlaf aus den Augen rieb.

Was war da gerade passiert? Hatte sie je einen solchen Hass verspürt? Ihr Körper zitterte, als säße der Schock der Blitze noch immer in ihren Eingeweiden. Und was war mit der Sonne geschehen? Es waren nicht die Wolken, die sie verdunkelten. Es glich einer Sonnenfinsternis, jedoch sah sie keinen Mond, der über sie zog.

Lucy drehte ihren Kopf und erblickte den Reisenden, der auf Knien neben ihrem Bett eingeschlafen war. Sein Gesicht war angeschwollen. Die Hütte war minimal ausgestattet, nur ein paar verstaubte Ölgemälde aus längst vergangenen Zeiten zierten die Wände. In der Mitte des Raumes befanden sich zwei Stühle an einen Tisch gelehnt, der eine Rose, einen Aschenbecher und eine Schachtel Zigaretten auf sich trug.

Sie nahm sich eine aus der Schachtel, zündete sie mit der Kerze des Reisenden an und setzte sich an den Tisch.

„Eine Zigarette sei dir gegönnt; dir ist wahrscheinlich schlimmes widerfahren und ich möchte dir für diese Dummheit vergeben. Doch der Rauch wird deine Sorge und Belastung nicht davontragen, also möchte ich dir helfen und ein Kamel für deine Wüste sein." Der Reisende stand auf und setzte sich gegenüber von Lucy an den Tisch. Er übergab ihr ein hellblaues Bettlaken. Es war ein Loch darin ausgeschnitten, wodurch sie mühsam ihren Kopf steckte. Es war zwar die Kleidung eines Bettlers, doch sie wollte nicht anspruchsvoll sein.

„Ich vergebe dir ebenfalls für deinen kleinen Ausrutscher", sagte er und zeigte auf seine Schwellung. „Doch bitte sag mir mein Kind, was liegt dir auf dem Herzen?" Es war Mitleid in seiner Stimme. Er reichte ihr die Hand.

Sie ignorierte die Geste allerdings und zog nachdenklich an ihrer Zigarette. Der Mann hatte eine seltsame Aura und Lucy wurde das Gefühl nicht los, als wäre er ein schlechter Schauspieler seiner Selbst.

„Nein, das möchte ich gerade nicht, um ehrlich zu sein. Warum seid ihr „Diener Gottes" eigentlich immer bei den Menschen, denen es am schlechtesten geht? Wollt ihr ihnen helfen, oder wollt ihr sie verführen, wenn sie verwundbar sind? Ich traue euch nicht."

Der Reisende zog seine Hand zurück, schloss die Augen und sprach mit singender Stimme: „Gott schickt mich zu den Menschen, die seine Hilfe benötigen. Ich bin doch nur eine leere Hülle; ein leerer Farbtopf, den es mit den Worten des Herren zu füllen gilt. Sein Wunsch ist mein Befehl und mir steht es nicht zu, darüber zu urteilen. Also möchte ich hingehen, wohin er mich treibt und die Dinge erleben, die er mir zeigt. Er hatte sicherlich seine Gründe, dass er dich dazu brachte, mich zu schlagen. Wie du siehst; auch wenn es manchmal schwierig ist, möchte ich selbstlos meine Pflicht tun und dem Willen und Gebot Gottes gehorchen. Natürlich kannst du mir vertrauen."

„Eine selbstlose, leere Hülle also...?"

Lucy nahm einen letzten Zug von der Zigarette und drückte sie in den Aschenbecher. Das klang nicht nach der Antwort auf die Frage aller Fragen; wohl eher nach dem Gegenteil davon. Sie fragte sich, ob der Reisende sie absichtlich von dem Pfad davon trug, oder ob er wirklich so selbstlos handelt, wie er behauptet hat. Aber woher sollte er schon wissen, wonach sie suchte?

Der Reisende stand auf und lief um den Tisch herum, während er sprach: „Komm schon Lucy, lass mich dir helfen. Immerhin habe ich dich gerettet. Gib unserem Herren wenigstens eine Chance, sich dir zu offenbaren und deine Welt zu verzaubern. Das bist du ihm schuldig."

Der Reisende ließ nicht locker: „ Möchtest du mir nicht wenigstens sagen, wo du herkommst?" Er setzte sich neben Lucy auf die Tischkante und lächelte sie neugierig an. „Du wirst ja nicht vom Himmel gefallen sein, oder?"

„Naja...", stammelte Lucy. Sie war sich nicht sicher, ob sie dem Reisenden von ihrem Gespräch mit der Eule erzählen sollte. Vielleicht hätte er ein paar Antworten, die ihr die Eule nicht geben konnte oder wollte? Doch würde er wirklich Antworten auf ihre Fragen geben, oder die Fragen so verändern, dass nur sein Gott sie beantworten könnte? „Erzähl mir erst etwas von dir. Was hat dich dazu gebracht, dein Amt aufzugeben und die Städte zu verlassen?" fragte sie.

„Sieh nur, der Nebel hat sich gelichtet!", rief der Reisende und zeigte auf das Fenster über dem Bett. „Ich antworte dir nur, wenn du mich zum Stamm der Mediziner begleitest. Sie leben irgendwo in diesem Waldgebiet und ich möchte sie unbedingt mit eigenen Augen erblicken. Komm, komm, die Sonne scheint uns den Weg! Verschwenden wir nicht unsere Zeit im

Schatten dieser Hütte und lass uns hinaus gehen in die Schönheit der Schöpfung!"

Er nahm seine Sachen auf und ging durch die Tür.

„Komm, komm, worauf wartest du denn noch?", rief er in die Hütte hinein. Lucy erhob sich langsam , nahm ihren Rucksack und ging vor die Tür.

„Aber ich muss doch ins Land des Fischers! Willst du mich nicht lieber dorthin begleiten, immerhin bist du ja der Reisende von uns?"

Der Mann schreckte zurück: „Was sucht eine junge Dame wie du an solch einem Ort ? Weißt du denn nicht, was für Stürme der Fischer über die Länder brachte? Welches Biest, welches Monster, welches Raubtier er in den Seelen der Menschen befreite? Als nächstes erzählst du mir noch, dass du seinen Dolch in deinem Rucksack versteckst, mit dem er einst...! Nein, nein und nochmals nein, auf diesem Pfad möchte ich dir nicht folgen; mehr noch, ich werde dich aufhalten, wenn ich's dir nicht ausreden kann."

„Du kennst also den Fischer?", fragte Lucy erstaunt. Vielleicht könnte er ihr wirklich dabei helfen, sein Land zu finden, auch wenn er ihn offensichtlich hasste.

Wütend verschränkte der Reisende die Arme. „Ja, ich kenne ihn nur allzu gut. Sein Vater war einer meiner besten Freunde; wir waren beide im Dienste der Gotteshäuser unterwegs. Als der Fischer noch ein kleiner Junge war, bewunderte er seinen Vater sehr. Nachdem dieser allerdings verstarb, wendete sich sein Satansbraten von Sohn immer weiter von seiner Erziehung ab, bis er schließlich in seiner Jugend voller Dreistigkeit versuchte, die Lehren seines Vaters zu zerstören! Da braucht man sich wahrlich nicht wundern, dass so viele seiner Schüler zu Dämonen wurden."

Lucy schwieg.

Der Reisende ging drei Schritte auf sie zu. „Wie du siehst; im Land des Fischers ist es zu gefährlich. Also sag schon, wirst du mich in den Wald begleiten?"

Mit ernstem Blick wartete er auf Lucys Antwort, die sich angestrengt zu entscheiden versuchte. Sie konnte nicht ohne Hilfe weitergehen, dafür wusste sie noch zu wenig von dieser Welt. Also nickte sie. „In Ordnung, ich werde dich zeitweise begleiten. Aber du musst mir ein paar Fragen beantworten und mir versprechen, die Wahrheit zu sagen!"

Der strenge Blick des Reisenden löste sich. Er begann wieder zu lächeln und sprach: „Tat ich denn je etwas anderes?"

III

Also liefen Lucy und der Reisende zusammen in Richtung des Waldes.

Nun sag schon", sprach Lucy mit ruhigem Ton, „dein Wunsch nach der Reise zu neuen Stämmen und Völkern war nicht der einzige Grund, wieso du dein Amt aufgegeben hast, oder? Ich seh' es in deinen Augen; du verschweigst es mir."

„Wie recht du hast. Es war ein dämonischer Schüler des Fischers, der mich und viele andere vertrieb." Der Reisende lief langsam neben Lucy her und blickte traurig auf den Boden vor seinen Füßen. „Es ging alles so schnell. Dabei hatte er uns doch versprochen, dass wir einen Platz in *seiner* Welt haben werden, die er schaffen wollte. Zu traurig nur, dass er damit letztendlich den Scheiterhaufen meinte. Er hat uns belogen; sprach davon, wie wichtig die Lehren Gottes für sein Vorhaben wären. Wir waren so blind."

Der Reisende sah Lucy gequält an. „Versteh doch, mein Kind. Der Schüler wollte uns alle töten; einfach alle, die seinem Plan widerstrebten oder ihn nur anzweifelten. Ich durfte keine Predigt mehr halten und wurde ausgepeitscht, wenn ich einem Kranken half. Es hieß nicht mehr 'Du darfst nicht töten!', sondern 'Du sollst alles Schwache töten!'. Das haben wir übrigens unter anderem den Lehren deines Freundes, dem Fischer, zu verdanken. Er hat diesem Wahnsinnigen noch zusätzlich den Kopf verdreht, kein Zweifel; so wie er alles verdrehte, von dem wir einst glaubten, dass es fest und standhaft war."

Lucy glaubte dem Reisenden nicht. „Und wie kam es dazu, dass solch ein Mensch so mächtig wurde?", fragte sie.

„Wir lebten in einem armen Bauerndorf im Gebirge, wie sollten wir uns schon wehren? Die Menschen glaubten nicht mehr an Gott und das Gute, sondern sahen in den Geboten des Herren einen Käfig, aus dem es um jeden Preis auszubrechen galt. 'Der allmächtige Zeuge, der hinter den Bergen wohnte, ist tot; also ist nichts mehr wahr -und alles erlaubt', so schrien die Massen und verbrannten alles und jeden, der versuchte, das Gegenteil zu zeigen oder auch nur seine Gesetze zu befolgen. Selbst die guten Menschen, die nicht an Gott glaubten, aber die Nächstenliebe liebten, wurden vernichtet. Oh, ich erinnere mich an die rachsüchtigen Blicke der Menschen in den Uniformen, wie sie uns jagten, vertrieben und verbrannten. Als wären wir gläubigen und guten Menschen die Ausgeburt der Hölle. Dabei waren sie es! Mögen sie alle auf ewig wieder dorthin fahren! Und dein Freund, der Fischer:

Er wird auch bald lernen, was es heißt, zu schmoren!

Er hat dieses Raubtier auf uns Losgelassen und ein anderes in den Menschen erweckt; dafür soll er ewig leiden!" Der Reisende tobte vor Wut, doch schien sich nach kurzer Zeit wieder zu fangen. Mit normaler Lautstärke sprach er weiter „Bitte versprich mir, dass du den Fischer nicht aufsuchen wirst. Bleib lieber bei mir und fische mit mir nach Menschen, die sich nach Gottes Erlösung sehnen; sodass kein Sturm über *diese* Welt ziehen wird und niemals wieder eine schwarze Sonne am Himmel erscheine."

„Wieder?", unterbrach ihn Lucy. Was auch immer die verdunkelte Sonne bedeuten mochte, die bei ihrem Wutausbruch am Himmel erschien; Lucy wollte sich nicht eingestehen, dass sie auch nur ansatzweise etwas mit dem Schüler gemeinsam hatte.

„Du hast einen Hauch ihrer giftigen Macht bereits gespürt", antwortete der Reisende.

„Ich habe noch nie eine schwarze Sonne gesehen!", log sie. „Wie kannst du es wagen, mir zu unterstellen, dass es anders sei!"

Der Reisende blieb ruhig. „Erinnerst du dich nicht mehr an den Sturm, vor dem ich dich rettete? Die Sonne verdunkelte sich nur wage und trotzdem hast du bereits versucht, mich mit bloßen Fäusten zu töten

Lucy blieb stehen und blickte auf ihre Füße. Es stimmte, was der Reisende sagte. Sie wollte ihn wirklich töten, doch konnte sich gerade noch zurückhalten.

„Ich wünschte, ich könnte dir widersprechen.", sagte sie und begann zu weinen.

Der Reisende nahm sie in den Arm. „Alles ist gut; ich passe auf dich auf", sagte er. „Aber ich kann dir nur helfen, wenn du mit mir sprichst: Nun sag schon, mein Kind, woran hast du gedacht?"

„Ich habe mich wieder an den Tod meiner Mutter erinnert", sagte Lucy und ihr Gesicht färbte sich rötlich. „Ich schäme mich so sehr, dass ich ihn vergessen habe. Dass ich *sie* vergessen habe. Doch was soll ich nur tun, meine Erinnerungen kommen erst langsam wieder." Der Reisende sah sie skeptisch an. Sie waren schon fast an dem Waldgebiet angelangt. „Sie kommen wieder? Wann hast du sie denn verloren?"

Lucy zögerte und dachte nach: Wenn er ihr Kamel spielen möchte, dann bräuchte sie ihn nicht aufhalten, solang er nicht versuchen würde, sie in *seine* Wüste zu treiben. Also erzählte sie ihm, wie sie von der Eule in auf die Wiese geworfen wurde, verschwieg allerdings ihre Aufgabe.

Der Reisende klopfte euphorisch drei mal mit seinem Gehstock auf den Boden. „Das ist ja unglaublich! Das ist ein Zeichen, ich sag es dir! Gott hat dich in diese Welt geworfen; er will dich testen! Kein Wunder, dass dich eine Eule hier her brachte; du hast den Tod gesehen! Weißt du denn nicht, dass die Eule ein Symbol der Weisheit *und* des Todes ist? Er schickte dich hier her, damit du dich selbst erkennen und einen Sinn für diese Welt schaffen kannst! Bedenke; bist du auf der Suche nach dir selbst, so nehme stets einen Umweg über Gott! Halleluja, was ein Glück, dass er uns zusammenbrachte. Wenn es um die Frage des Daseins und des Todes geht, so frage mich alles und ich werde dir helfen!"

„Ah, dachte ich's mir doch.", murmelte Lucy enttäuscht. Sie waren am Waldrand angekommen, machten jedoch kurz vor den ersten Bäumen und Ästen halt. „Hör zu, lieber Reisende", sprach sie, „ich muss mich bei dir bedanken. Du hast mich aus Sturm und Unwetter gerettet. Du gabst mir Kleidung und ein weiches Bett, als es mir schlecht ging und ich des Lebens müde wurde. Du hattest weisen Rat für mich, als ich ihn brauchte. Du hast dich um mich gekümmert und meine Tränen getrocknet. Dafür bin ich dir etwas schuldig; deshalb begleite ich dich in den Wald. Aber ich brauche nicht länger deine Hilfe, denn nun habe ich verstanden, wohin ich gehen muss. Deine Antworten sind keine Lösungen für meine Rätsel, aus diesem Grund bitte ich dich um Vergebung. Ich brauche keinen Glauben, um zwischen Gut und Böse unterscheiden zu können, deshalb musst du dich nicht um mein Seelenheil sorgen. Ich werde dich zum Stamm der Mediziner begleiten und wir müssen aufeinander aufpassen, denn ich habe gehört, dass der Wahnsinn in diesem Wald herrsche. Jedoch möchte ich ihn mit meinen eigenen Augen betrachten; also bitte ich dich darum, meine Entscheidung zu akzeptieren."

Der Reisende wirkte gekränkt: „Was bringt es mir schon, Hirte zu sein, wenn niemand mehr Schaf sein will?", sagte er leise und schaute traurig in den Wald. „Ich mache mir Sorgen um dich, Lucy, denn du sprichst wie eine Mörderin Gottes. Vergiss nicht, dass auch der Teufel einst vom Himmel fiel. Was auch immer du tust oder mit dir geschieht; sei dir sicher, dass du Zuflucht im Land des Herrn erhältst, wenn du danach suchst."

„In Ordnung", sagte sie leise und reichte ihm die Hand. Er lächelte traurig und schlug sein. „Dann sei es so; nun werden wir hinein gehen. Ich habe das Gefühl, als würde uns ein Abenteuer erwarten!"

Die Mediziner

?

„Was versuchst du eigentlich beim Stamm der Mediziner zu finden? Was macht ihn so besonders für dich?", fragte Lucy, während sie gemeinsam die Schwelle des Waldes übertraten.

„Es ist erst sehr wenig über diese Leute bekannt", antwortete der Reisende. „Es gibt nur Mythen und Erzählungen. Ich habe mal gehört, dass sie sehr spirituell sein sollen und es verstehen, ein erfülltes Leben zu führen. Vermutlich gibt es deswegen auch so wenige Geschichten über sie. Ihre Besucher sind wahrscheinlich einfach dort geblieben." Er lachte leise.

Je tiefer sie in den Wald gingen, desto stiller wurde der Gesang der Vögel, bis er schließlich ganz verstummte. Die Bäume um sie herum hatten dunkles Holz und wirkten sehr alt. Ihre dicken Äste ragten teilweise auf den Weg, sodass die beiden ihre Hände vor das Gesicht halten mussten. Einzelne Sonnenstrahlen schienen zwischen den Blättern hindurch. Lucy kam sich vor wie in einem trockenen Tropenwald; die Luft kratzte in ihrer Lunge. „Hast du denn keine Angst vor dem Wald?", fragte sie besorgt.

Der Reisende schüttelte den Kopf. „Siehst du hier

irgendwo den Wahnsinn, von dem du sprachst? Es sind nur Geschichten; einfache Mythen, die uns als Kind erzählt wurden."

Er hustete und stolperte ein paar mal über seine eigenen Füße, hielt seinen Stock in die Höhe und sprach: „Was soll schon passieren; ich habe schließlich meinen Freund dabei. Er wird mich beschützen. Vielleicht war er es auch, der mich in diesen Wald führte? Wahrlich, es gibt keine tiefere Verbindung in dieser Welt, als die Liebe eines Reisenden zu seinem Stock! Er gibt mir halt und verteidigt mich sogar, wenn es von Nöten ist. Ich fand ihn damals, als ich noch ein Knabe war, in einem Wald hinter unserer Kirche. Seitdem lasse ich ihn nie wieder los, meinen treuen Gefährten und Beschützer."

Lucy grinste. „Aber ist er denn nicht manchmal ein wenig lästig, zum Beispiel im Wirtshaus oder zu Besuch bei Freunden?"

„Ja, in der Tat.", brummte er. „Ich bin nicht stolz darauf, wenn ich meinen Freund vor der Tür stehen lasse. Doch ich denke, dass es in Ordnung ist, wenn ich ihn vor dem zu Bett gehen um Vergebung bitte."

Lucy blieb stehen. Irgendetwas stimmte nicht. Sie spürte ein Kribbeln in ihrem Magen und sah sich ruckartig um. Es ähnelte dem Gefühl des freien Falles.

„Was ist los, du siehst verängstigt aus?", fragte der Reisende belustigt. Das Kribbeln wurde immer stärker.

„Seit wann sind wir eigentlich schon auf diesem Weg?", fragte Lucy.

„Welchen Weg meinst du?" Der Reisende sah auf den nackten Waldboden unter ihren Füßen. „Also ich sehe keinen Weg." Er zeigte mit seinem Stock auf ihre Schleifspuren, die sie hinterließen. „Dort ist doch ein Weg! Wir ziehen ihn hinter uns her. Das muss reichen!" Mit großen Augen starrte der Reisende zu Lucy, die vor seinem Blick erschrak: Seine Pupillen waren so groß wie eine Münze und schienen das Licht um sie herum zu verschlingen. Es war, als würde er durch Lucy hindurch sehen.

„Wir sind doch auf einem Weg in diesen Wald gekommen!", rief sie mit ernster Stimme. „Warum haben wir ihn verlassen?" Sie stutzte. „Seit wann sind wir überhaupt in einem Wald?"

„Lass mich überlegen." Der Reisende sah kurz in den Himmel, der zum Teil von den Ästen und Blättern bedeckt war „Ach, ist das denn so wichtig? Du wirst sowieso immer ein unschuldiges Lamm Gottes bleiben." Er grübelte noch eine Weile. „Ich glaube, wir waren schon immer hier. Ist doch überhaupt nicht wichtig, wie lang wir schon hier sind, waren oder sein werden. Die Hauptsache ist doch, dass wir wissen, in welche Richtung wir müssen", fügte er hinzu und nickte zufrieden.

Panisch wirbelte Lucy umher. Was war nur mit dem Reisenden passiert? Spürte er vielleicht auch den freien Fall? „Und weißt du auch, in welche Richtung wir müssen?", fragte das Mädchen, während sie in die Tiefen des Waldes starrte.

„Nein", sagte er und kratzte sich am Kopf. „Du stellst wirklich viele Fragen, weißt du das, Lucy? Ich meine, ich will's dir wirklich nicht übel nehmen, aber langsam nervst du mich etwas damit. Ständig dieses Geplapper, wirklich schlimm. Eigentlich brauche ich auch nur meinen Stock für die weitere Reise."

„Du kannst mich doch jetzt nicht alleine lassen!", schrie sie ihn an. „Merkst du denn nicht, was gerade mit dir passiert? Wir müssen hier fort, nur irgendwie fort!" Sie tobte und versuchte die Hand des Reisenden zu ergreifen.

Er zog sie jedoch weg und rief eingeschnappt: „Dann geh doch fort und lass mich allein! Du warst es ja auch, die mich hinterging! Du bist es, die nicht auf mich hören wollte! Du bist es, die unbedingt frei werden will! Es war doch so ein schöner Traum, kleine Lucy; wieso musstest du ihn zerstören? Nun sei auch frei, lauf weg und störe mich nicht länger bei meiner Unterhaltung!"

Lucy erstarrte. „Und mit wem sprichst du gerade?"

Ein höhnisches Gelächter donnerte aus seinem Mund. „Natürlich mit dem Gott des Wahnsinns; er wohnt nun in meinem Kopf. Aber du brauchst gar nicht weiter reden, denn er spricht sowieso lauter, als du es je könntest", antwortete der Reisende. „Ich werde dich nun ein für allemal verlassen und irgendwo hingehen. Wohin genau, fragst du? Ist mir egal. Wann, fragst du? Ist mir egal. *Warum,* fragst du?" Er betrachtete seinen Stock. „Ist mir egal", murmelte er, warf ihn auf den Boden und lief davon.

Lucy hob seinen Stock wieder auf und rannte dem Reisenden hinterher. „DAS KANN DOCH NICHT DEIN ERNST SEIN?!", brüllte sie. „Gerade noch hast du doch so geschwärmt, von deinem Stock, und nun willst du ihn einfach hier liegen lassen, so mitten im Wald? Hast du vollkommen den Verstand verloren? Weißt du denn nicht mehr, wie wir uns kennenlernten? *Wieso* wir uns kennenlernten und *was* dich antrieb, bei mir zu bleiben? Ist all das nun weg, ist all das nun fort, ist all das für dich nun *tot* ?"

Der Reisende blieb stehen und sah nach vorn, mit dem Rücken zu Lucy gewandt.

„Das hätte ich nicht sagen sollen", murmelte sie und ging drei Schritte zurück.

„Komm schon", sagte der Reisende leise, für Lucy kaum verständlich. Wollte er sie etwa provozieren? „Geh noch drei Schritte zurück. Tu es, und wiederhole es drei mal. Ich warte darauf, dann weiß ich ein für alle mal, dass ich es mit einem wunderschönen Teufel zu tun habe!"

Lucy zuckte zusammen. Der Reisende schien nun wirklich verloren.

„Komm, tu es und du wirst den Zorn Gottes durch meine Hand zu spüren bekommen!", schrie er, ohne sich umzudrehen.

„Hast du nicht gerade deinen Gott in den Dreck geworfen?", rief Lucy und klammerte sich an seinen Stock.

„Mag schon sein", sagte er voller Spott. „Ist auch nicht so wichtig. Nichts ist länger wichtig." Er atmete tief ein und sagte mit kühler Stimme: „Ist dir eigentlich aufgefallen, dass diese Welt nicht länger zu dir spricht?" Er drehte sich um und grinste sie an. Nun war er wohl vollkommen geisteskrank. „Ja ja ja, ich erinnere mich an dich. Du bist das kleine Mädchen, zu dem Gott einst sprach. Zu schade nur, dass du nicht länger interessant für ihn bist. Du hättest auf mich hören sollen. Nun sieh dich um und bestaune alles, was du nicht länger sehen kannst!"

„Meinst du etwa das Gewitter?", fragte Lucy.

„AHA!", brüllte er triumphierend, „Exakt! Und deshalb ist das Leben und die Welt ein Witz! Du gibst es zu; du bist dir selbst ein Leid und weißt es nicht einmal, dass ich nicht lache! Komm, kleines Mädchen, ich habe soeben meine Meinung geändert. Lass uns doch zusammen durch den Wald laufen und ein Heilmittel suchen! Ich spüre es; es könnte ganz in der Nähe sein."

Welch ein Trauerspiel musste Lucy nur erblicken? Auch wenn sie die Lehren des Reisenden nicht teilte; so hatte er solch ein Schicksal doch nicht verdient! Wieso war er nur so anfällig für den Wahnsinn des Waldes? Und die bessere Frage: Wieso war Lucy es nicht?

Sie beobachtete ihn, wie er wie ein verwirrtes Tier über Büsche, Äste und Moosbetten des Waldes stampfte und allen Anschein nach an jedem Ort die Mediziner suchte. Selbst unter den Felsen und Wurzeln sah er nach. Er versuchte, so manchen Baum hoch zu klettern, gab allerdings nach nur wenigen Sekunden wieder auf. Wo er noch in einem Moment voller Euphorie über den Waldboden tanzte, so setzte er sich im nächsten

Moment auf einen mit Pilzen übersäten Holzstumpf und weinte bitterlich, wo er sich schließlich überhaupt nicht mehr bewegte, sodass so mancher Käfer seinen Weg auf den Körper des Reisenden fand. Lucy hatte sich ebenfalls auf einen umgestürzten Baum gesetzt. Nach einigen Sekunden, Minuten oder Stunden stand sie jedoch auf und packe dem Reisenden, der mit leerem Blick auf den Waldboden starrte, an die Schulter. Langsam hob er seinen Kopf und klopfte sich mit sanfter Hand die Käfer von der Jacke.

??

Er richtete sich auf und lief langsam in Richtung eines Hügels. Dort oben drehte er sich im Kreis und begann wieder zu lachen, während er auf irgendetwas zu zeigen schien. „Dort drüben ist Rauch!", rief er zu Lucy, die ihm folgte und gerade erst den Hügel erreichte. „Dort ist Rauch und Feuer und Asche und Rauch! Lass uns gemeinsam dort hin gehen, kleine Lucy, der Weg ist nicht weit. Es sind die Mediziner, ganz sicher!"

Er packte sie am am linken Arm und zog sie hinter sich her. „Lass mich sofort los!", brüllte sie ihn an und wehrte sich, doch sein Griff blieb steinhart.

„Komm schon, Lucy, lass sie uns ein wenig beobachten, diese Mediziner", sprach der Rest vom Reisenden.

Er zerrte sie über den Waldboden direkt hinter ein Gebüsch, hockte sich hin und löste seinen Griff ein wenig; ließ das Mädchen jedoch nicht los.

„Da sind sie", flüsterte er und zeigte mit dem Finger nach vorn. „Wir dürfen sie nicht stören, die Mediziner; nein, nein. Sonst werden sie uns jagen, ganz sicher; ja, ja. Sieh doch nur, was für Masken sie tragen. Sieh doch nur, ihre schwarz glänzenden Ledermäntel, Handschuhe und Schuhe. Sieh doch nur; ihre Klappen vor den Augen. Sieh doch nur; *wie sie tanzen!*"

Lucy blickte in Schockstarre durch das dichte Geäst: Die Mediziner waren gekleidet wie Pestdoktoren; mit weißer Schnabelmaske und schwarzer Kleidung. Einige bewegten sich um ein Feuer herum und drehten sich dabei um ihre eigene Achse. Manche standen wie Statuen bewegungslos ein wenig abseits der Tänzer, wieder andere saßen im Schneidersitz auf dem Waldboden. Sie schienen seit Tagen dort zu sitzen; jedenfalls waren ihre Beine bereits von Moos und Pilzen bedeckt. Es war totenstille; nur das knistern des Feuers war zu hören und Lucy kam es so vor, als wollten alle Mediziner so wenige Laute wie möglich von sich geben.

„Ich frag' dich, Lucy, ist es nicht wunderschön? Welch prachtvolles Paradies, welch ungestörter Segen, welch Ruhe zur Unterhaltung, welch *Erlösung* von uns selbst und dieser Welt! Lieber wollen wir nun an dieses Nichts glauben, als nicht glauben; so komm mit mir, und lass uns unseren Frieden finden."

Kaum hatte der Reisende zu Ende gesprochen, blieben die Mediziner stehen und sahen ins Feuer. Von weitem kam ein weiterer Mediziner aus einer Hütte und lief gebeugt in ihre Richtung. Er schien älter als die anderen zu sein. Sie verbeugten sich vor ihm; fast so, als wollten sie sich bei ihm bedanken. Er trat ans Feuer. Gebannt sahen sie ihm zu, wie er ein Schwert aus seinem Mantel zog. Lucy befürchtete schon, was nun passieren würde.

„Wende deine Augen nicht ab", sagte der Reisende. „Sieh hin und werde dir der Bedeutung des Wortes 'Freiheit' bewusst, die du so sehr ersehnst."

Der alte Mediziner hob seinen Arm über das Feuer, legte das Schwert an seine linke Ellenbeuge und trennte sich mit einen ruckartigen Schnitt von seinem Unterarm. Lucy unterdrückte einen Aufschrei. Blut und Knochen fielen ins Feuer; ein fieser Geruch lag in der Luft. Die anderen Mediziner hoben langsam die Hände, als ob sie ihn schweigend und in Zeitlupe bejubeln würden. Der alte Mediziner presste ein Tuch auf seine Wunde und entfernte sich wieder. Er lief in die Hütte und schloss langsam die Tür, worauf die restlichen Mediziner wieder zu tanzen begannen.

Lucy hatte genug gesehen, doch der Reisende schien in eine Art Extase gefallen zu sein: „Wir müssen uns ihnen anschließen. Das ist die einzige Möglichkeit, um diesen Qualen endlich ein Ende zu setzen. Welch sein Segen diese Mediziner doch sind!"

„Hast du nicht zugesehen?", fragte Lucy, immer noch entsetzt von dem alten Mediziner. „In welcher Welt sollte diese Selbstzerfleischung ein Segen sein?"

Der Reisende sah sie an, als wäre es vollkommen selbstverständlich. „Wenn du es jetzt noch nicht begriffen hast, dann wirst du es niemals begreifen. Du hättest auf mich hören sollen. Vielleicht musst du die Erlösung am eigenen Leib spüren, um zu verstehen!" Er stand auf und zog sie am Handgelenk mit sich hoch.

„STOP!", brülle sie, „ICH HABE GENUG VON DEINEM WAHNSINN! *DEINEM* WAHNSINN!" Sie griff mit ihrer rechten Hand in den Rucksack und zog den Dolch des Fischers heraus. „WENN DU MICH NICHT SOFORT LOSLÄSST WIRST DU ES BITTER BEREUEN!"

Die Mediziner blieben stehen und sahen ruckartig in Richtung des Gebüschs. Das Kribbeln in Lucys Magen breitete sich über ihren ganzen Körper aus.

„Du hast sie durch dein Gebrüll gestört, du dummes Kind, wie kannst du es wagen solch ein heiliges Ritual zu stören? Komm, wenn du sie schon störst, dann musst du auch zu ihnen gehen!" Der Reisende schleppte sie mühsam hinter sich her, wodurch ein Großteil ihrer Kleidung zerriss.

Lucy brüllte und zog ihren linken Arm mit aller Kraft zu sich, sodass der Reisende fast auf sie fiel. Sie erhob den Dolch des Fischers und stach ihm damit blitzschnell ins linke Auge. Er stieß sie von sich weg und packte sich an die Reste in seiner Augenhöhle, ohne einen Laut von sich zu geben.

Er stellte sich aufrecht vor ihr, verbeugte sich und sprach mit ruhiger Stimme: „Ich danke dir. Dein Geschenk wird mir meinen weiteren Weg erleichtern."

Dann warf er sich wieder auf das Mädchen, um sie zu überwältigen. Sie wich allerdings aus und der Reisende krachte im freien Fall auf den Waldboden. Lucy presste ihren Fuß auf seinen Kopf und setzte den Dolch zum Gnadenstoß an.

Sie zögerte. Die Warnungen der Eule und des

Reisenden blitzten durch ihren Verstand. Schließlich warf sie den Dolch beiseite, griff nach dem Stock des Reisenden und schlug so lange auf den am Boden liegenden Mann ein, bis er sich nicht länger bewegte.

Tränen strömten über ihr Gesicht, während sie den Dolch wieder schnell in ihren Rucksack steckte und davon rannte. Sie drehte sich ein letztes mal um und beobachtete, wie zwei Mediziner langsam auf den blutüberströmten Reisenden zuliefen und ihn hochhoben. Er war allen Anschein nach noch bei Bewusstsein; jedenfalls stolperte er mit Hilfe der Mediziner in Richtung Lagerfeuer. Diese schnitten seine Kleidung von seinem Körper; gaben ihm Lederanzug, Schuhe und Maske und tanzten anschließend weiter. Der ehemalige Reisende schloss sich ihnen an.

Lucy sah auf ihren neuen Gehstock. Sie wischte sich mit ihren restlichen Kleidungsfetzen das Blut von ihren Händen und Gesicht, atmete tief durch und lief alleine in den Wald.

Der Farbensammler

?

„Wenn ich die ganze Zeit in eine Richtung laufe, wird sich der Wald bestimmt lichten und ich komme hier endlich wieder heraus", sprach Lucy erschöpft zu ihrem Stock. Nachdenklich schaute sie auf den Waldboden und versuchte irgendetwas zu finden; sei es nur ein Stein, Ast oder Pilz, an den sie sich erinnern könnte. Sie fand den Hügel, auf dem der Reisende suchend stand, und bestieg ihn ebenfalls, um sich umzusehen Eine Mauer aus Bäumen und Blättern versperrte ihre Sicht.

Plötzlich hörte sie ein brummendes Summen; könnte es vielleicht eine Biene sein? Lucy wirbelte herum und versuchte, das Tier zu finden. Und tatsächlich: Eine einzelne Biene schwirrte um sie herum und setzte sich auf den Waldboden neben ihren Füßen. Ihr Körper war erstaunlich groß und ihre gelben Streifen schimmerten. Ihre schwarzen Streifen waren hingegen schwärzer als alles, was Lucy je gesehen hatte, abgesehen von den Pupillen des Reisenden. „Komm schon, kleine Freundin", sprach Lucy zu der Biene. „Ich habe gehört, dass ihr Bienen recht hilfsbereit seit. Ich bitte dich, hilf mir aus diesem Wald des Wahnsinns herauszukommen."

Die Biene erhob sich in die Lüfte und schwirrte los. Ein wenig erleichtert lief ihr Lucy hinterher; vielleicht gäbe es ja wirklich eine Chance?

Das Tier wurde immer schneller und Lucy musste rennen, um mit ihr mitzuhalten. Sie stolperte über Baumstämme und Steine, stürzte ein paar mal und rollte über den Waldboden. Aufgeben war allerdings keine Option und immer wieder schaffte sie es, sich aufzuraffen. Leider war die Biene zu schnell für Lucys Füße und schon bald war nichts mehr von ihr zu sehen oder hören.

„Hat sie mich zum Waldrand gebracht, oder tiefer hinein?", fragte sie besorgt und sah sich um. „Da ist ein Weg! Endlich, endlich, endlich!", rief sie. Es schien ein Trampelpfad zu sein; vielleicht war es der richtige Weg? Endlich sollte dieser Wahnsinn ein Ende finden! Sie betrat den Weg und lief ein paar Meter in eine Richtung, blieb jedoch stehen, drehte sich um und lief in die andere Richtung. „Wie schön es auch ist, dass ich den Weg fand; doch in welche Richtung soll ich nun entlang gehen?"

„Vielleicht kann ich dir das beantworten!", sagte eine raue Stimme, die an Lucys Ohr erklang.

Mit einem Aufschrei drehte sie sich um und sah einen alten, knochigen Mann. Seine Kleidung war zerfetzt und braun gefärbt. Lucy konnte nicht erkennen, ob es Schmutz oder Farbe war. „Wer bist du denn und wieso schleichst du dich so an mich heran?"

Die Augen des alten Mannes waren aufgerissen. Seine Pupillen strahlten ebenfalls eine Art von Wahnsinn aus, doch es war nicht wie bei dem Reisenden: Sie schienen zu leuchten; fast blendete sein Blick. Er ging einen Schritt auf sie zu.

„Bleib gefälligst auf Abstand! Ich bin bewaffnet und habe keine Angst, sie zu benutzen!", sagte Lucy und hielt ihre Hand vor ihren Körper.

„Ja ja ich sehe schon. Das Blut auf deiner Kleidung scheint nicht von dir zu sein. Wen hast du verletzt? Wen hast du verstümmelt? Wen hast du getötet?" Der alte Mann stand gebeugt vor Lucy und wippte mit seinen Beinen auf und ab. „Bitte sag mir, dass es ein Mediziner war! Nichts hasse ich mehr, als dieses Volk! Schlimm genug, dass ich meinen Wald mit ihnen teilen muss!"

„Du kennst die Mediziner?", fragte Lucy verwundert.

„Und ob ich dieses schändliche Volk kenne!" Der Mann wirbelte mit den Armen über seinen Kopf. „Habe ich schon erwähnt, wie sehr ich diese gottlosen Teufel hasse? Sie wollten mich vertreiben, diese Bestien, obwohl sie es sind, die vertrieben werden sollten! Ich wollte ihnen helfen, als ich sie damals fand. Retten wollte ich sie und befreien von ihrer Blindheit! Ein Fluch liegt auf ihrem Dasein und so viele Menschen wurden von ihrem Tanz verführt. Wie kann man nur zulassen, dass sie auf diesem Boden wandeln?" Lucy beäugte den Mann. Trotz des Wahnsinns in seinen Augen schien er bisher der Vernünftigste in diesem Wald zu sein. Vielleicht konnte sie ihm vertrauen? „Ein alter Freund von mir wurde von ihnen verführt. Er schien wie ausgewechselt, als wir diesen Wald betraten. Ich spürte schon, dass irgendetwas mit diesem Ort nicht stimmt; ein Kribbeln in meinem Bauch sagte es mir. Jedoch kann ich mir nicht erklären, weshalb der Wahnsinn des Waldes gerade ihn so sehr mit sich riss." Sie stützte sich erschöpft auf den Stock des Reisenden. „Auch wenn wir nicht immer einer Meinung waren, vermisse ich ihn irgendwie. Er hatte immer eine vollständige Welt und einen gefüllten Farbtopf zu verschenken."

„Mein Beileid wegen deinem Freund.", sagte der Mann ein wenig betroffen. „Was meinst du mit Farbtopf? Du musst wissen; ich liebe Farben über alles. Erzähl schon, los los los!" Der Mann begann wieder auf seinen Beinen zu schaukeln.

„Er sagte mir einst, dass er sich wie ein Farbtopf fühlt, den es mit den Worten Gottes zu füllen gilt."

Die Stimmung des Mannes änderte sich schlagartig. „DIESER KETZER!", rief er voller Zorn in den Wald. „Kein Wunder, dass er zu den Medizinern ging! Es gilt jede Farbe dieser Welt zu sammeln; denn darin liegt ihr Sinn und Zweck. Der Mensch ist eine *Sammlung* an Töpfen, die es *selbst* zu füllen gilt! PAH!" Der Mann spuckte auf den Boden. „Was für ein Schwächling und Verneiner des Lebens! Wie soll solch ein Mensch die Welt der Farben nur begreifen, wenn er nur einen Topf öffnet und noch die Faulheit besitzt, ihn füllen zu *lassen*! So etwas gottloses."

Auch Lucy wurde wütend: „Wie kannst du es wagen, meinen alten Gefährten und Freund als gottlos zu bezeichnen; du kennst ihn offensichtlich nicht! Dabei war er doch ein Diener Gottes, der sein Wort und Bild über die Welt tragen wollte. An was für einen Gott glaubst du bitte?" Sie erhob den Stock des Reisenden zum Schlag, doch ließ ihn wieder sinken.

„Wort und Bild", zischte der Mann, „dass ich nicht lache! Behaupten diese 'Diener Gottes' nicht immer, dass man nicht in seinem Namen sprechen und sich kein Bild von ihm machen sollte? Welch Heuchelei." Der Mann beruhigte sich wieder. „Ich glaube nur an den einzig wahren Gott; der Gott der tausend Farben!"

Lucy verdrehte die Augen. „Und woher willst du wissen, dass dein Gott der einzig wahre sei? Sahst du denn je hinter die Berge?"

Der Mann griff in seine Hosentasche. „Ich muss nicht auf die höchsten Berge klettern, um zu wissen, dass kein Paradies dahinter liegt. Unser aller Gott lebt in *dieser* Welt und ich kann's dir beweisen!" Er holte ein altes Blatt Papier aus seiner Tasche, während er vor Aufregung zitterte. „Dieses Stück Papyrus fand ich vor einigen Jahren. Seitdem trag ich es immer bei mir. Du musst wissen; er gab mir eine Aufgabe und ich habe mir geschworen, sie zu erfüllen."

„Es ist nicht zufällig ein Gedicht darauf zu lesen, oder?", fragte Lucy.

Mit glühenden Augen starrte der Mann in ihr Gesicht. „Aber woher...?"

„Hier, ich habe auch einen gefunden. Aber bevor ich dir mein Gedicht zeige, musst du mir deins zeigen." Sie nahm ihren Zettel aus der Tasche. Nervös überreichte der Mann seinen Zettel. Er war ein wenig kleiner als der von Lucy und es sah so aus, als hätte jemand ein Stück davon abgerissen. Leise las sie das Gedicht vor:

„Schwarz und weiß kam auf die Leinwand,

darauf kannst du stets vertrauen;

bei gleicher Mischung der Kontraste,

bleibt sie farbenlos und grau.

Nun wünsch' ich dir Erfolg,

diese Last sollst du nun tragen,

mach dich selig, mach dich stolz,

es sprach der Gott der tausend Farben."

„Der Gott der tausend Farben also...", murmelte Lucy. „Und was für eine Aufgabe meintest du? Ich kann beim besten Willen keine klare Aufforderung erkennen."

„Komm, ich zeigs dir!", antwortete der Mann und lief den Trampelpfad entlang.

Er schien sich nicht für ihr Gedicht zu interessieren. „Ach und vertraue mir, dieser Weg wird dich aus dem Wald wieder heraus führen. Komm schnell, das musst du sehen!", rief der Mann und sprang von einem Fuß auf den nächsten.

Lucy zögerte noch eine Sekunde, doch lies sich schließlich darauf ein. Endlich sollte sie von diesem grausigen Ort verschwinden.

Eine Welle von Erleichterung erfüllte sie, als sich der Wald langsam lichtete und die ersten Vögel wieder zu zwitschern begannen. „Du scheinst dich sehr gut im Wald auszukennen", sagte sie zum Mann, der neben ihr lief. „Wie kann es sein, dass du dich nicht verläufst?"

Er stieß ein Krächzen aus, welches man als Lachen deuten könnte. „Ich war schon überall in diesem Wald", antwortete er stolz, „er ist zurzeit wie mein zweites Zuhause. Als ich ihn einst für meine große Suche betrat, war ich genauso verwirrt und orientierungslos wie du. Ich habe mich an seinen Wahnsinn gewöhnt und nach einer Weile hörte ich auf, ihn zu fürchten. Seit vielen Jahren betrete ich nun regelmäßig diesen Ort und wie du siehst; hier bin ich, wohlauf und gesund!" Er sprang ein paar mal in die Luft, flatterte mit den Armen und tat so, als wollte er fliegen.

„Ja, ich sehe schon, du bist noch am leben", sagte Lucy und konnte sich ein Grinsen nicht verkneifen.

Die beiden hatten inzwischen den Waldrand erreicht; ein paar Schritte weiter und sie würden wieder unter freien Himmel laufen. Lucy blieb stehen, was den Mann sichtlich irritierte.

„Was ist los? Wir haben's doch nicht mehr weit. Keine Pause machen, weiter, weiter!", sprach er hastig.

Lucy stützte sich auf den Stock des Reisenden. „Ich fürchte mich davor, zurück zu kehren. Du musst wissen; irgendwie scheint diese Welt da draußen zu mir zu sprechen und ich weiß nicht, was sie mir nach meiner Zeit im Wald sagen möchte."

„Wovon redest du da bitte? Schau doch; die Sonne scheint und keine Wolke ist am Himmel. Was soll dir diese Welt schon sagen, außer dass sie dich liebt und mit offenen Armen empfangen will? Brauchst du etwa ein wenig Hilfe? Komm, ich gebe dir einen Stoß!"

Der Mann rannte hinter Lucy und schob sie aus dem Wald.

„NEIN, WARTE!", schrie sie ihn an, doch es war zu spät. Sobald sie am letzten Baum vorbei stolperte, zogen dunkle Wolken über den Himmel.

„Was ist denn jetzt los?", fragte der Mann.

Lucy war den Tränen nahe und vergrub das Gesicht in ihren Händen „Ich habe ihn getötet", stammelte sie. „Das Schlangengift. Ich habe einen Mann Gottes getötet und nichts kann das wieder ungeschehen machen!" Dichter Nebel zog über das Land. Ein bekanntes Gefühl von erdrückender Schwerelosigkeit durchzog ihren Körper. Nur diesmal war es stärker. Viel stärker. Sie geriet in Panik und klammerte sich an den Mann, um nicht zu stürzen. „Hilf mir bitte", sagte sie leise. „Diese Welt hält mich als Geisel. Ich bin so erschöpft."

Leichter Nieselregen tropfte vom Himmel. Ein paar Sonnenstrahlen schienen durch Wolken und Nebel, sodass ein kleiner Regenbogen auf dem Weg erschien.

„Folge den Farben und der Nebel wird sich lichten, versprochen", sagte der Mann mit ernster Stimme und stützte das Mädchen, während sie weiter liefen. Nach kurzer Zeit erschien eine Hütte neben dem Weg.

„Ich kenne diese Hütte", sagte Lucy benommen. „Der Reisende brachte mich hier her, um mich vor dem Unwetter zu schützen."

Der Mann erschrak. „Das ist unmöglich, denn das ist meine Hütte!", sagte er und holte einen Schlüssel aus seiner Tasche. „Komm herein, du bist müde und ich habe ein warmes Bett für dich."

„Aber... wie kann das sein?", stammelte Lucy. Ihre Augen wurden immer schwerer und der Nebel wurde dichter, sodass der Mann nur noch mit Mühe und Not das Schlüsselloch der Tür finden konnte. Lucy fiel in Ohnmacht, noch bevor sie die Hütte betraten.

II

Sie erwachte von einem Knall, der neben ihrem linken Ohr ertönte. Ein paar Sonnenstrahlen schienen durch das Fenster über ihrem Bett.

Das Mädchen richtete sich auf, sah hinaus und erblickte den wahnsinnigen Mann, wie er in seichtem Nebel stand und Holz hackte. Etwas kratzte auf ihrer Haut. Mit einem Blick auf ihren Körper bemerkte sie, dass der Farbensammler ihr offenbar ein buntes Kleid anzog, während sie geschlafen hatte. Es war aus unterschiedlich großen Tüchern von bunten Stoffen zusammengenäht. Als sie sich in der Hütte umsah, erkannte sie, wie dessen Wände fast vollständig von Bildern bedeckt waren. Zwei Leinwände waren weiß und unbenutzt, jede weitere mit farblichen Strichen bemalt. In der Mitte des Raumes stand ein riesiger Tisch, der von zahlreichen kleinen Weinfässern bedeckt war. Lucy traute ihren Augen nicht; sie war exakt groß wie die Hütte des Reisenden. Auch das Bett stand am selben Platz unter dem Fenster. Doch wieso sah es hier so anders aus? So chaotisch und doch so wunderschön? Noch nie hatte sie so viele verschiedene Farben an einem Ort gesehen. Lucy stand auf und betrachtete die Fässer genauer. Sie öffnete eins und sah eine Sammlung von Blättern. Jedes Blatt schien in fast gleicher Farbe zu sein, wobei sie wahrscheinlich von unterschiedlicher Art waren. Lucy öffnete das Fass daneben und fand eine etwas hellere Blättersammlung. Zwischen den Fässern lagen ausgefranste Pinsel, Mörser und Krüge, die mit schmutzigem Wasser gefüllt waren.

„Kaum bist du wach und schon bist du am schnüffeln", sagte der Mann und stapfte an den Tisch, worauf er eine ein paar Pinsel legte. „Ich gehe mal davon aus, dass du dich wieder erholt hast", fügte er hinzu.

Lucy nickte. „Ich danke dir für deine Kleidung und Unterkunft. Ich fühle mich schon ein wenig besser, auch wenn ich nun wirklich eine Zigarette vertragen könnte."

„Vielleicht hätte ich dich doch im Wald lassen sollen", schnaubte der Mann. „Wie auch immer, du hast mich doch nach meiner Aufgabe gefragt, oder?", sprach er mit nervöser Stimme, während er verzweifelt seine Pinsel auf dem Tische sortierte. „Möchtest du es noch wissen?"

Lucy setzte sich im Schneidersitz auf das Bett. „Ich bin ganz Ohr."

„Meine Aufgabe besteht im Sammeln aller Farben dieser Welt: Ich versuche, Gott zu malen, doch es gelingt mir nicht. Dabei nahm ich jede erdenkliche Farbe und jeden erdenklichen Pinsel!" Er legte ein paar Blätter in seinen Mörser, rieb sie zu Brei und schüttete Wasser auf. Anschließend tunkte er einen der Pinsel in das Gemisch und strich über eine der leeren Leinwände. Dann nahm er einen anderen Pinsel in die Hand. „ES REICHT NICHT, ES REICHT NICHT!", brüllte er. „Es gilt jede Farbe zu mischen und mit jedem Pinsel aufzutragen, um Gott zu malen! Doch wie soll ich dies tun, dafür lebe ich nicht lang genug!"

Er nahm ein paar Beeren aus einem Fass, legte sie in einen Mörser und vermischte alles. „Eine neue Farbe ward geboren!" rief er triumphierend und tanzte mit einem krächzenden Lachen zu einer Leinwand hin. „Jede neue Farbe ist ein Schritt näher an Gott, das sag ich dir, jajaja." Er platzierte sorgfältig einen Strich auf einer Leinwand, die mit ähnlich farbigen Strichen bemalt war. „Es ist zum verrückt werden", sagte der Mann traurig, „da bin ich schon von Gott auserwählt worden, um in seinem Sinne tätig zu sein und dennoch versage ich! Vielleicht bräuchte ich ein paar Freunde, die mir zur Hand gehen? Doch wer hätte schon genügend Ehrgeiz, um die Last einer solchen Aufgabe auf den Schultern zu tragen?"

Lucy betrachtete ihn mit zusammen gekniffenen Augen.

„Ich weiß nicht so recht, ob er das Gedicht richtig verstanden hat", murmelte sie vor sich hin, „stand dort nicht, dass der Farbensammler sich selbst stolz machen sollte?

Wieso fühlt er sich dennoch vor einem Gott schuldig, wenn er nicht einmal etwas von ihm verlangte?"

Plötzlich klopfte es an der Tür.

Der Weinhändler

I

„Wer ist da?", rief der Farbensammler. „Ich bin's nur, der Weinhändler. Du hast mir einen Brief geschickt und meintest, dass du neue Weinfässer für deine Sammlungen brauchst. Bitte lass mich herein, dieser Nebel vermiest einem echt die Laune", sagte die Stimme vor der Tür.

Der Farbensammler öffnete sie und ein großer Mann mit Zylinder und schwarzem Mantel aus Seide kam die Tür herein. Das Wetter änderte sich schlagartig; der Nebel lichtete sich und das Sonnenlicht erfüllte den Raum, sodass die Farben des Sammlers zu leuchten begannen. Als der Weinhändler das Mädchen erblickte, lächelte er: „Wie ich sehe, hast du Besuch. Wo habt ihr euch getroffen?"

„Ich habe sie im Wald gefunden", antwortete der Farbensammler. Das Lächeln des Fremden verschwand. „Eine so junge Frau alleine im Wald? Wie ist sie nur dort hin gekommen?"

„Sie hat sich bei einem Spaziergang mit einem deiner geistlichen Kunden verloren", sagte der Farbensammler und studierte seine Fässer.

Der Weinhändler sah mitleidig zu Lucy, die immer

noch auf dem Bett saß. „Ah, ich verstehe", sagte er, „Das tut mir leid. Der Wald ist wahrlich nichts für junge Frauen und neugierige Wanderer." Er sah zum Farbensammler, der gerade angestrengt eine neue Mischung mit seinem Mörser zubereitete. „Wenn ich's mir recht überlege, sollte man den Wald generell meiden", fügte er hinzu.

Der Farbensammler drehte ruckartig seinen Kopf. „Willst du mir irgendetwas sagen?", sprach er spuckend, während er drohend mit seinem Pinsel auf ihn zeigte.

Der Weinhändler versuchte den Farbensammler zu beruhigen: „Deine Arbeit ist ungeheuer wichtig und ich würde mir niemals anmaßen, deinen Mut und deine Hingabe in Frage zu stellen. Viel zu wenige Farben werden in dieser Welt gesammelt und irgendjemand muss ja diese Arbeit verrichten. Doch sieh dich nur an; du erkrankst an deiner Suche!"

Der Farbensammler lief auf ihn zu. „Ach, wenn du es so schrecklich findest, dass in dieser Welt nicht genug Farben gesammelt werden und es mir schlecht geht; wieso hilfst du mir nicht bei der Arbeit?"

„Das tu ich doch!", antwortete der Weinhändler scharf, „Ich bringe dir deine Fässer; das ist mehr Hilfe, als jeder andere dir geben könnte."

Mürrisch lief der Farbensammler auf Lucy zu und sprach: „Junge Dame, ich habe eine Aufgabe für dich: Lade die Fässer von der Kutsche des Weinhändlers und hilf mir danach bei meiner Sammlung! Was hältst du davon?"

Auch wenn Lucy dem Farbensammler dankbar war, so war es eigentlich eine andere Aufgabe, die sie zu erfüllen hatte. Sie blickte ratlos zum Weinhändler, der ihr zuzwinkerte.

„Ich mache einen Gegenvorschlag!", sagte er und legte eine Hand auf die Schulter des Farbensammlers. „Wie wäre es denn, wenn das Mädchen mit mir kommt und sie währenddessen einige Leute suchen wird, die dir bei deiner Arbeit behilflich sein könnten. Ich bin sowieso gerade auf der Durchreise und habe noch einen Platz auf meiner Kutsche frei."

Der Farbensammler drehte sich um, sah dem Weinhändler skeptisch in die Augen und nickte. „Einverstanden. Ich werde ihr ein paar Pinsel mitgeben." Er blickte zu Lucy. „Wenn du jemanden gefunden hast, der mir bei meiner Arbeit behilflich sein kann, dann schicke ihn zu mir. Gib ihm einen der Pinsel, damit ich sehen kann, dass er auf deine Bitte hier hin kam. Einverstanden?"

Lucy nickte und sprach leise zum Weinhändler: „Ich

muss ins Land des Fischers. Weißt du zufällig, in welcher Richtung es liegt?"

„Nein, das weiß ich nicht", sagte er, „aber vielleicht kommen wir bei unserer Reise ja dran vorbei oder jemand anderes kann dir bei deiner Suche behilflich sein? Wir werden sehen."

Lucy begann ihn zu mögen und sprach erleichtert: „In Ordnung, ich bin schon froh genug, dass du ein wenig Abstand zwischen mir und diesen Wald bringst."

„So sei es!", rief der Weinhändler und klatschte in die Hände. „Lass uns die Weinfässer des Farbensammlers abladen und danach von hier verschwinden."

Lucy verließ die Hütte und lief zur Kutsche des Weinhändlers, der ihr folgt: „Sieh sie dir an, dieses Prachtstück. Ich habe sie vollständig aus Holz gebaut, selbst die Schrauben!"

„Du hast sie selbst gebaut?, fragte Lucy erstaunt.

„Selbstverständlich habe ich das. Ich könnte dir jetzt erzählen, dass es mir ach so wichtig wäre, auf etwas Selbstgebauten auf den Wegen dieser Welt zu fahren, doch die Wahrheit ist; ich mache mit meiner Arbeit nicht sonderlich viel Gewinn." Er stieß ein schmerzerfülltes Lachen heraus. „Wie dem auch sei; könntest du bitte die Fässer in den Keller tragen?"

„Keller?", fragte Lucy.

„Ja genau. Hinter der Hütte ist eine Treppe. Hast du sie etwa noch nicht gesehen?"

„Noch nie davon gehört", sagte sie, nahm ein paar Fässer von der Ladefläche der Kutsche und lief hinters Haus. Und tatsächlich: Eine Treppe aus Stein führte direkt nach unten. Die Stufen wirkten sehr uneben und rau. Das Geländer war mit Pflanzen überzogen. Lucy stolperte die Treppen hinunter, öffnete die runde Holztür und betrat einen langen Flur. An den Seiten waren ein paar Türen zu sehen. Boden und Wände waren dicht von schwarzen Wurzeln übersät.

„Hier entlang!", sagte der Farbensammler, der gerade mit einer Fackel hinter ihr erschien, an ihr vorbei lief und eine Tür öffnete. Lucy betrat den Raum und staunte: Er war so schmal wie der Flur, doch schien er sich kilometerweit in die Länge zu ziehen. An den Wänden waren Regale befestigt, die mit Weinfässern gefüllt waren. „Was ist in den Fässern?", fragte Lucy. „Sind sie alle gefüllt?"

„Fast alle", antwortete der Farbensammler und lief tiefer in den Raum. „Aber ich weiß es nicht ganz genau; ich bin seit Jahren nicht mehr so weit rein gelaufen. Du kannst sie hier übrigens abstellen", sagte er und zeigte auf eine Lücke im Regal. „Dann aber nichts wie raus hier; die Kälte bringt uns noch um." Der Farbensammler lief wieder an Lucy vorbei in Richtung Ausgang.

„Darf ich mich nicht umsehen?", fragte sie traurig.

Der Farbensammler drehte sich um. „Nein, das darfst du nicht. Es sind meine Fässer und du darfst nur hinein sehen, wenn ich es wünsche."

Lucy folgte ihm hinaus.

II

Der Weinhändler saß bereits auf der Kutsche und strahlte, als er Lucy erblickte. „Bist du soweit?", fragte er und zeigte auf den Platz neben ihn. „Hast du die Pinsel des Farbensammlers eingepackt?"

„Ja, ich habe alles im Rucksack verstaut", antwortete Lucy und setzte sich neben den Weinhändler.

Der Stock des Reisenden lag bereits im Fußraum.

Der Farbensammler winkte ihnen zu. „Ich wünsche euch viel Erfolg. Wir werden uns wiedersehen!" Er sprach erstaunlich ruhig für seine Verhältnisse. Lucy winkte zurück. „Vielen Dank, lieber Farbensammler. Es kommt mir vor wie ein Déjà-vu, doch auch dir möchte ich danken, dass du mich an diesen Ort brachtest, als es mir am schlechtesten ging. Du gabst mir neue Hoffnung und nun einen neuen Antrieb, diese

Welt zu verstehen. Wenn ich dir vielleicht einen Rat geben darf; sei nicht allzu streng mit dir und deiner Aufgabe."

Der Farbensammler lachte und klatschte in die Hände: „Es ist meine Bestimmung und niemand kann mich aufhalten. Bedenke stets: Möchtest du dich selbst finden, so nehme stets einen Umweg über alle Farben dieser Welt."

Lucy begann ebenfalls zu lachen und ein warmer Windzug flog über ihre Köpfe. „Nein, das vergesse ich garantiert nicht. Dafür bin ich schließlich hier; ich trage meine Leinwand stets bei mir." Der Farbensammler nickte zufrieden.

„Also, können wir los?", frage der Weinhändler. „Meine Kunden und eure zukünftigen Mitarbeiter warten schon.." Er nahm die Zügel in die Hand und trieb den Schimmel an, der die Kutsche zog.

„Pass mir gut auf das Kind auf, sie hat's erstaunlich lange mit mir ausgehalten!", rief der Farbensammler mit krächzender Stimme hinterher und sprang winkend von einem Fuß auf den anderen.

„Er wird wohl immer der Alte bleiben.", murmelte der Weinhändler.

„Ja das stimmt. Ich habe das Gefühl, dass er zwar die

Tücken des Waldes begriff, doch durch seinen Hass auf die Mediziner schlichtweg verrückt wurde. Wie gut kennst du den Farbensammler, mein lieber Weinhändler?", frage Lucy.

Er grübelte. „Wir treffen uns regelmäßig. Wahrlich, ein Kunstwissenschaftler ist dieser Mensch; und nichts lieben wir Weintrinker mehr als die Kunst, die Wissen schafft. Doch du hast gesehen, was aus ihm wurde.", sagte der Weinhändler und griff zwischen seine Beine auf den Boden, um eine Flasche Wein hervor zu holen. „Hast du eigentlich einen Namen?", fragte er, während er den Korken herauszog.

„Mein Name ist Lucy", antwortete sie.

„Lucy also. Ein sehr schöner Name. Sag mal; möchtest du einen Schluck? Das ist griechischer Rotwein. Jeder sollte mal ein wenig davon kosten, meinst du nicht auch?" Das musste er nicht zwei mal fragen.

„Immer her damit", sagte Lucy und nahm dem Weinhändler die Flasche aus der Hand. Sie trank einen großen Schluck und gab sie zurück.

Der Weinhändler trank einen noch größeren Schluck und sprach anschließend: „Weißt du Lucy, es steht mit dem Farben sammeln ist ein wenig wie mit dem Wein trinken." Er unterdrückte ein Rülpsen und tupfte sich mit seinem Mantel über die Lippen. „Wie sagt man nochmal so schön, 'in vino veritas'? Ein wenig roter Tropfen lockert die Anspannung, aber ist langweilig und uninteressant. Ein wenig mehr lockert die Stimmung und regt zum Gespräch an. Ein wenig mehr kombiniert die Effekte und es herrschen tosende Winde im Geiste und Gespräch. Ein wenig mehr und die ersten Schlägereien nehmen ihren Lauf, vom schrumpfenden Geist und wachsender Ignoranz mal ganz zu schweigen. Alles, was darauf folgt, ist Ruin und Tod. Es ist schon verständlich, dass der Gott der tausend Farben auch Gott des Weines genannt wird."

Lucy schwieg eine Zeit lang, während sie noch ein paar Schlücke trank und über die Worte des Weinhändlers nachdachte. „Der Farbensammler erzählte davon, dass die Mediziner ihn vertreiben wollten. Glaubst du daran?", fragte sie.

„Was glaubst du denn?", entgegnete der Weinhändler. „Ich glaube, dass der Farbensammler eine Aufgabe in sein Gedicht interpretierte, die nicht dort war. Wahrscheinlich griff er die Mediziner an und nicht anders herum."

Der Weinhändler nickte. „Ganz genau. Der Farbensammler sieht sein Gegenbild in den Medizinern, deshalb fühlt er sich durch seine 'Aufgabe' verpflichtet, sie zu bekämpfen."

„Aber wieso gerade die Mediziner?", fragte Lucy.

„Weißt du denn nicht, wieso man sie Mediziner nennt?", antwortete der Weinhändler.

Lucy schüttelte mit einem Achselzucken den Kopf. Sie befürchtete es schon, wollte den Weinhändler aber nicht unterbrechen.

„Es liegt etwas besonderes in der Natur der Mediziner: Sie locken mit Versprechungen, einer Heilung, einer chemischen 'Lösung' von Kummer, Leid und Sorge. Die Stärke des Volkes wächst mit dem Vertrauen des Kranken, der es besucht. Ihr größtes Heilmittel ist die Lobotomie der eigenen Sinne: Sie verachten das Wetter, also flohen sie in den Wald. Sie stören fremde Gesichter, deshalb tragen sie Masken mit Klappen vor den Augen. Sie stören fremde Gerüche, deshalb ist der Schnabel ihrer Masken stets geschlossen. Sie stören fremde Worte, also verstopften sie ihre Ohren mit Watte. Ihr Glaube besagt, dass man das ersehnte Nichts erst erreichen kann, wenn man zu Lebzeiten allen weltlichen Dingen abgesagt hat. Und ist die eigene Identität nicht ebenfalls - allzu weltlich? Jede Perspektive, jeder Gedanke, jedes Wort, jede Melodie, jeder Ton, jeder Einfluss und Umstand - all das ist Gift und Sünde in der Religion des Mediziners. Die Ältesten des Stammes schneiden sich die Gliedmaßen ab, um nicht länger den Wind auf ihrer Haut spüren zu müssen; sodass ihre Segel auf dem einsamen Meer nicht den Kurs zu wechseln vermögen. Da fragt man sich wirklich, was für ein Kurs es sein soll, wenn man ihren Hass auf Inseln und festen Boden bedenkt. Aus diesem Grund verachtet der Farbensammler die Mediziner so sehr; schließlich widmet er sein vollständiges Dasein der *Erkundung* fremder Gewässer."

Lucy sah nachdenklich nach vorn. „Woher weißt du das alles? Man sagte mir bisher immer, dass über die Mediziner nur sehr wenig bekannt sei?", fragte sie.

„Der Farbensammler hat mir eine Menge von ihnen erzählt. Ich habe sie zum Glück nie mit eigenen Augen sehen müssen und das wünsche ich auch jedem anderen Menschen. Deshalb behalte ich auf meinen Reisen auch mein Wissen für mich."

„Ich verstehe", murmelte Lucy, „aber der Farbensammler scheint auch kein perfektes Gegenstück der Mediziner zu sein. Seine sogenannte Aufgabe ist mir ein Rätsel."

Der Weinhändler grinste. „Schlimmer noch, als du vermutest. Hast du den Zettel mit seinem Gedicht in der Hand gehabt?" Lucy stimmte zu. „Ist dir aufgefallen, dass vielleicht etwas von unten abgerissen wurde?"

„Ja, jetzt wo du's sagst! Bitte sag mir nicht, dass du die andere Hälfte in deiner Tasche hast!"

Der Weinhändler griff in seine Hosentasche und holte einen alten Zettel hervor. „Ich habe dieses Stück gefunden, als ich den Farbensammler zum ersten mal mit Weinfässern belieferte. Es lag auf der Wiese hinter der Hütte, direkt an der Treppe. Wahrscheinlich hatte der Farbensammler es abgerissen und dort weggeworfen. Willst du es lesen?" Gespannt las Lucy die restlichen Zeilen des Gedichtes:

„Und erst wenn du mich geleugnet hast,
so will ich dir dann wieder kehren,
als Gott unendlicher Gesichter,
der nie verlangte, dass man ihn verehre.

Wenn du nun doch in meinem Namen sprichst;
so viel sei dir gesagt,
so werde ich *dich* leugnen,
bis zu deinem letzten Tag!"

Lucy lächelte. „Kein Wunder, dass er diesen Teil abriss", sagte sie und gab dem Weinhändler den Zettel zurück. „Könnte ich noch einen Schluck von deinem Rotwein bekommen?"

III

„Darf ich fragen, wieso du in den Wald gingst?", fragte der Weinhändler, während Lucy genüsslich ein paar Schlücke trank. „Es kann ja kein Zufall sein, dass du den Medizinern begegnet bist. Hast du dich verlaufen?"

Lucy überlegte, wie viel sie dem Weinhändler erzählen sollte. Sie hatte das Gefühl, dass er ihr vertraute, aber wenn sie ihm jetzt von ihrem Wutanfall erzählte, würde sich das garantiert ändern. „Ein Reisender, ein Mann Gottes, fand mich, als ich orientierungslos auf einem Trampelpfad lag. Durch den Tod meiner Mutter ging es mir sehr schlecht und plötzlich zog ein Unwetter über uns her. Er hat mich gerettet und in einer Hütte untergebracht", antwortete sie.

„Ich verstehe", sagte der Weinhändler, „und wieso seid ihr anschließend in den Wald gegangen?"

„Er wollte die Mediziner aufsuchen, weil er durch Geschichten hörte, sie besäßen eine Art Heilmittel."

Der Weinhändler grübelte. „Na ich weiß ja nicht", sagte er, „meines Wissens nach töten die Unwetter dieser Welt nur jene Menschen, die sich vor ihnen fürchten. In Zeiten der Not gilt es geduldig, konzentriert und wachsam zu bleiben; und keine Panik darf die Sinne der Leidenden trüben. Der Reisende wollte wahrscheinlich vor der Gefahr fliehen und hat euch beide durch seine Feigheit fast umgebracht."

Lucy zögerte. „Ich hätte ihn fast umgebracht, als ich mich auf den Trampelpfad gegen ihn wehrte. Ich spürte einen großen Hass gegen das, was er sagte. Diese Seite kannte ich nie von mir und ich möchte sie auch nie wiedersehen."

Der Weinhändler wirkte besorgt, „Was ist passiert?"

Lucy ergriff den Dolch des Fischers mit dem Stofftuch und hob ihn aus dem Rucksack.

Der Weinhändler schreckte zurück. „Oh, ich hörte von diesem Dolch", sagte er leise und angespannt. „Du weißt schon, wem der mal gehörte, oder?"

„Ja, der Reisende erzählte mir von den Schandtaten des Schülers."

„Wenn man ihn überhaupt 'Schüler' nennen kann. Soweit ich mich erinnere, hat er den Dolch mit Hilfe der Schwester des Fischers gestohlen und mit Schlangengift benetzt. Wie es allerdings genau so weit kommen konnte, steht in den Sternen", sagte der Weinhändler und blickte traurig nach vorn. „Wo hast du ihn her?"

„Ich wurde beauftragt, ihn ins Land des Fischers zurück zu bringen." Der Weinhändler stutze.

„Wer auch immer dir diesen Auftrag gab, muss ziemlich grausam sein", sagte er.

„Wieso grausam?", fragte Lucy, „Was mit ihm ist denn geschehen?" Verwundert sah der Weinhändler sie an.

„Du hast seinen Dolch, hörtest von seinem Schüler, möchtest in sein Land und weißt dennoch nicht, was ihm widerfahren ist?"

Lucy schüttelte den Kopf. „Kennst du ihn denn persönlich?"

„Ja tatsächlich, ich habe ihn eine Zeit lang mit Wein beliefert. Auch wenn er immer wieder betonte, dass der Wein nur für seine Freunde bestimmt war. 'Narkotika' und 'Mediziner-Gesöff' hat er solche Dinge stets genannt. Doch der Alkohol war es nicht, wovon er den Menschen befreien wollte."

„Befreien?", unterbrach ihn Lucy.

Der Weinhändler nahm noch einen Schluck seiner Ware. „Von so vielen Dingen. Unter anderem von dem Bedürfnis nach Alkohol", antwortete er. „Zu meinem Glück und seinem Pech ging die Nachfrage des Alkohols allerdings steil in die Höhe, nachdem er zu Unterrichten begann. Zu viele verstanden seine Lehre nur zur Hälfte und es stellte sich nach einiger Zeit heraus, dass Halbwissen tödlich sein kann, wenn man mit Sprengstoff hantiert. Sein sogenannter 'Schüler' ist der beste Beweis. Er hat den Tod Gottes nicht verkraftet. Schlimmer noch; er hat ihn zu seinen Vorteil genutzt, um die Menschen von seinem diabolischen Plan zu überzeugen." Der Weinhändler nahm noch einen Schluck. „Vielleicht hätte der Fischer auch den ersten Menschen niemals kennen lernen sollen. Mit ihm hat alles angefangen."

„Wen?", fragte Lucy verwundert. „Ich habe noch nie von einem 'ersten Menschen' gehört."

„Du wirst ihn gleich kennen lernen, denn er ist unser erstes Ziel", antwortete der Weinhändler. „Aber ich warne dich vor; er ist etwas eigenartig. Man nennt ihn den 'ersten Menschen', weil er es als erster fertig gebracht hat, einen Weg durch den Wald zu finden und die dahinter liegenden Berge zu besteigen, um über dieses Tal zu blicken. Zu schade nur, dass er auf der Spitze auch alles sah, was *hinter* den Bergen lag."

„Und was war das?", fragte Lucy.

Der Weinhändler zog die Augenbrauen hoch. „Das soll er dir gleich lieber selbst sagen", antwortete er und trank mit trüben Blick die Flasche aus.

Teil II

Der erste Mensch

I

Nach einigen Minuten vernahm Lucy ein leises Rauschen. Ein kühler Wind durchstrich ihr Gesicht. Sie waren mittlerweile einige Stunden unterwegs und Lucy wurde klar, dass sie ihren Durst nicht länger mit Wein stillen wollte. „Kommt dieses Geräusch zufällig von einem Fluss?", fragte sie den Weinhändler und hob ihren Finger.

Der schien allerdings ein wenig benommen zu sein. Könnte es an den drei Flaschen Wein liegen, die er bereits trank? „In der Tat, wir sind auf dem richtigen Weg!" Er nahm noch einen Schluck. „Weißt du Lucy... vielleicht .... möglicherweise...wäre es besser, wenn du allein mit dem ersten Menschen sprichst." Er war eindeutig betrunken und stotterte vor sich hin: „Ich...ich mag diesen Mann, ehrlich. Großartig, dass es ihn gibt. Wirklich, ich lüg' dich nicht an. Doch ich will ehrlich zu dir sein; er macht mir Angst. Er schreckt vor keiner Farbe zurück! Deshalb mag ihn keiner. Und ich schwöre, da bin ich nicht der einzige! Er will niemandem Böses, ganz im Gegenteil. Doch für viele ist er das Böse in Person. Besonders dein Kumpel, dieser Reisende. Mein lieber Herr Gesangsverein, was haben die beiden sich immer in den Haaren gehabt. Dabei haben sie doch so vieles gemeinsam!"

Als Lucy nach wenigen Minuten den Fluss erblickte, schreckte sie erstaunt zurück: Er musste mindestens 50 Meter breit sein und fegte mit tosender Strömung durch die Erde. Das Wasser schäumte und spritzte über das Ufer auf die Wiese und Pflanzen. Je näher sie dem Fluss kam, desto atemberaubender war sein Antlitz. Er wirkte für Lucy wie ein nie endender, sich ständig wiederholender Pfeilschuss, der das Land spaltete.

„Willkommen am Äquator", rülpste der Weinhändler und breitete preisend die Arme aus, nachdem er Lucys Erstaunen bemerkte.

„Wie weit geht dieser Fluss?", fragte sie und blickte neugierig in die Strömungen.

„Hast du mir nicht zugehört? 'Ä q u a t o r', verstanden? Er hat kein Ende!" , antwortete der Weinhändler. Er stand schwankend auf und sah sich um. „Doch sieh, dort sitzt er! Der erste Mensch, oder wie auch immer man ihn nennt, dort sitzt er! Endlich ist wieder Geldregen angesagt, vielleicht kauf ich mir bald auch so etwas wie ein Mittagessen? Wir werden sehen; bitte verärgere ihn nicht und gib ihm genügend Wein." Er drehte sich um und kramte auf der Ladefläche der Kutsche. „Ach und beinahe hätte ich es vergessen", nuschelte er und holte eine kleine Box aus Holz hervor. „Zigarren!", sagte er zu Lucy, die ihm neugierig über die Schulter blickte. „Dieser Mensch liebt Zigarren bei seiner Arbeit! Teure Dinger, sag ich dir, aber mich soll's nicht stören!

Sie griff nach der hölzernen Kiste und legte einige Flaschen Wein in ihren Rucksack, drehte sich umher und fand einen Mann, der ein paar Meter abseits des Flusses auf einer Wiese saß. Sie verließ die Kutsche ohne den Stock des Reisenden.

„Viel Erfolg!", rief ihr der Weinhändler hinterher, während er die Füße für ein Nickerchen ausstreckte und Lucy allein zum ersten Menschen lief.

Um ihn herum lagen haufenweise Bücher, ein paar lose Zettel, ein Teleskop, ein Fernglas, eine Lupe, ein Kompass, ein Fangnetz, eine Armbrust und viele weitere Gegenstände, die Lucy nicht zuordnen konnte. Es schwirrten kleine Vögel und Bienen um ihn herum; einige junge Tiere saßen sogar auf seiner Glatze und Schulter. Skeptisch beäugte sie ihn. Er schien Vogelschnäbel und Käfer in ein Notizbuch zu malen. Sein altes Gesicht war fast zur Hälfte von einem weißen Bart bedeckt, sodass man kaum noch den Mund sehen konnte, in dem die glühende Zigarre steckte. Seine Kleidung war schlicht, schon fast bäuerlich, mit grauer Jacke und brauner Hose. Er schien sehr friedlich zu sein, doch Lucy vertraute dem Weinhändler und wollte keine voreiligen Schlüsse ziehen.

„Versuchst du dich an einen alten Mann heranzuschleichen?", fragte der erste Mensch mit tiefer Stimme, ohne den Blick von seiner Zeichnung zu heben.

„Nein, es tut mir Leid. Ich wollte dich nicht erschrecken! Der Weinhändler schickt mich. Er hofft drauf, dass du etwas von seiner Ware möchtest."

„Hat er an die Zigarren gedacht?", fragte er. Lucy nickte und öffnete die hölzerne Box. Der erste Mensch hob seinen Kopf. Seine Augenhöhlen waren sehr tief; sein düsterer Blick schien Lucy zu durchdringen und sie hatte das Gefühl, als könne er direkt in ihre Seele schauen. „Dann möchte ich auch etwas von seinem Wein nehmen. Ich trinke ihn nur, wenn ich genügend zum Rauchen habe." Er nahm einen letzten Zug von seiner Zigarre, drückte sie in einem kleinen Glas aus und nahm eine neue Zigarre aus der hölzernen Box.

„Möchtest du auch eine?", fragte er Lucy.

„Eigentlich rauche ich nur ab und zu, wenn ich verzweifelt bin", antwortete sie. „Aber vielleicht möchte ich gleich eine Ausnahme machen." Sie nahm eine Zigarre aus der Box, zündete sie jedoch nicht an.

„Vielleicht bleibt es nicht bei der Ausnahme. Die Leute um mich herum beginnen immer zu rauchen, wenn ich mit ihnen spreche", sagte der Mann. Er zündete sie an, nahm selbst einen Zug und pustete langsam etwas Rauch in den Himmel. Die Tiere auf seinem Kopf und Körper blieben still sitzen. „Möchtest du dich nicht zu mir setzen? Es ist genügend Platz auf dieser Wiese und ich habe seit langer Zeit mit niemandem mehr so richtig reden können. Erzähl mir etwas von dir."

Lucy zögerte und fragte nervös: „Hast du etwas Wasser dabei? Ich bin am verdursten."

„Selbstverständlich, gerade noch frisch aus dem Fluss geholt", antwortete der alte Mann und gab ihr etwas von seinem Proviant.

Lucy bedankte sich und trank etwas von dem eiskalten Wasser. „Eigentlich möchte ich lieber etwas von dir erfahren", sagte sie anschließend.

Der Mann hob seine weißen Augenbrauen. „Von mir will ein Mensch *freiwillig* etwas wissen? Dies Gefühl ist mir fremd, aber ich heiße es sehr willkommen!", sagte er und Lucy konnte den Ansatz eines Lächelns in seiner sonst ernsten Miene erkennen.

„Der Weinhändler erzählte mir, dass du auf einen Berg

am Rande dieser Welt geklettert bist. Was hast du dort gesehen?", fragte Lucy. Sie schreckte zurück, als der alte Mann ihren Blick erwiderte.

Er ließ ihn anschließen über sein Teleskop und sein Fernglas gleiten, während er einen Zug seiner Zigarre nahm. „Drei Formeln", murmelte er. „Drei Wahrheiten sah ich auf diesem Berg."

Lucy nahm einen tiefen Atemzug der Erleichterung. Vielleicht konnte er ihr dabei behilflich sein, diese Welt besser zu verstehen und das Land des Fischers zu finden?

II

„Doch bevor ich's dir erzähle musst du mir zwei Fragen beantworten: Wie ist dein Name und was weißt du bereits über die Umwelt dieses Ortes?"

Sie überlegte eine Weile, sah in ihren Rucksack und holte schließlich die Leinwand der Eule und einen Pinsel des Farbensammlers heraus, mit dem sie auf die weiße Fläche tippte und sprach: „Mein Name ist Lucy und kann dir nur davon erzählen, was ich bereits sah. Ich wachte ahnungslos vor einiger Zeit auf einem Hügel einer Blumenwiese auf. Schon dort erkannte ich, wie Wälder und Berge an jedem Winkel des Horizonts zu finden waren. Ich lief auf Trampelpfaden und abseits der Wege im Wald. Ich sah die Arbeit der Bienen, vernahm den Gesang der Vögel und die Stille im Wahnsinn des Waldes. Nun sitze ich hier, am Rande eines reißenden Flusses, der diese Welt zu durchtrennen scheint."

Der erste Mensch sah sie erwartungsvoll an. „Und?", fragte er und nahm einen Zug seiner Zigarre, die mittlerweile zur Hälfte abgebrannt war.

Lucy nickte. Sie hatte eine Ahnung, was der alte Mann von ihr hören wollte. „Diese Welt scheint zu mir zu sprechen. Ich kann es mir nicht erklären. Sei es das Fegen des Windes oder die Strahlen der Sonne, die Schönheit der Wiesen oder der Wahnsinn des Waldes; all das scheint ihre Sprache zu sein; doch ich verstehe nicht ganz, was sie mir sagen will." Sie sah in den Horizont. „Ich wüsste allzu gerne, ob es wirklich ein Gott ist, der hinter den Bergen lebt und diese Sprache erfand", fügte sie leise hinzu.

„Ich kann dir versichern, junges Mädchen, wer oder was auch immer diese Sprache erfand, hat sich dafür entschieden, ohne es zu wollen und übersetzt seinen eigenen Text, ohne es zu können. Und wahrlich, der Sprachwandel ist fast die größte Fehlerquelle einer guten Übersetzung." Der erste Mensch nahm noch einen Zug seiner Zigarre.

„Und was ist die größte?", fragte Lucy.

„Der Übersetzer", antwortete der erste Mensch.

Lucy war verwundert und konnte sich durch diese absurde Beschreibung ein Grinsen nicht verkneifen.

Der erste Mensch sah grimmig auf ihre Leinwand. „Versuchst du gerade, die Umrisse dieser Welt zu zeichnen?"

Sie hatte während des Gesprächs ein kleines Loch in die Erde gegraben und mit dem Flusswasser des alten Mannes gefüllt, um anschließend ihren Pinsel hinein zu tunken und als bräunliche Farbe zu verwenden. Sie begann mit einer Stelle, an der sie ungefähr aufgewacht war und versuchte jedes Detail herum hinzuzufügen, welches sie auf ihrem bisherigen Weg sah.

„Ich wünsche dir viel Erfolg bei deiner Zeichnung, doch ich fürchte, dass dir deine Leinwand dabei nicht helfen wird", sagte der erste Mensch voller Spott.

„Ich kann es ja wenigstens versuchen", antwortete Lucy und zeigte auf die freie Fläche hinter den Bergen. „Nun sag schon, was kann ich dort hinmalen?"

Der alte Mann lehnte sich zurück und blickte auf die weißen Wolken des blauen Himmels. „Hast du nicht gerade selbst gesagt, dass du nur von den Dingen berichten kannst, die du mit eigenen Augen sahst?"

Lucy stutzte. „Ja, das stimmt schon, aber ich brauche Antworten!", sagte sie. „Ich habe eine Aufgabe zu erfüllen."

„Die da wäre?", fragte der alte Mann.

Sollte sie ihm wirklich vom Fischer erzählen? Wie würde der erste Mensch nur reagieren? Waren sie befreundet oder zerstritten? Egal, sie brauchte Antworten. „Man sagte mir, dass ich in diese Welt geworfen wurde, um sie zu erkunden und zu erfahren, wer ich bin. Als kleine Hilfestellung hat man mir aufgetragen, das Land des Fischers zu finden und das würde mir nur gelingen, wenn ich genug von seiner Lehre verstehe.", sagte sie. „Ich weiß, dass ihr euch kennt; der Weinhändler erzählte es mir."

Der erste Mensch nickte und sprach mit tiefer Stimme: „In der Tat, ich kenne diesen Mann seit seiner Jugend. Wenn er überhaupt noch lebt; niemand weiß so recht, was aus ihm wurde. Einst war er ein Gläubiger, dann ein Wissenschaftler, dann ein Künstler, dann ein Wissenschaftler und dann wieder ein Künstler. Er wanderte zwischen den Ufern des Flusses umher, um alles zu erkunden. Und wo könnte man besser nach einem Überblick suchen, als am höchsten Platz, den es gibt? Er vermutete, dass der höchste Berg direkt an der Quelle des Flusses liegen muss, also folgte er ihm. Er lief durch Dörfer und Städte, Felder und Wiesen; an Bäumen und Hügeln vorbei, direkt zu mir. Er traf mich am nördlichsten Waldrand auf der westlichen Seite des Flusses, wo ich zu dieser Zeit Vögel und Käfer studierte. Auch ich war auf dem Weg zu den Bergen, wollte allerdings vorerst ein paar Notizen und Zeichnungen sammeln. Der Fischer ahnte, dass ich sein perfekter Begleiter wäre. Mein Verlangen nach Wahrheit war es, was ihn faszinierte. Ich glaube zu Beginn unserer Reise sah er ein Vorbild in mir. Er kränkte die Menschen, wie ich es tat, doch wollte ihnen einen Ausweg bieten. Ich habe ihn davor gewarnt, doch er wollte nicht auf mich hören." Der erste Mensch öffnete eine Flasche Wein und Lucy bemerkte einen smaragdgrünen Ring an seinem Finger.

III

„Von welchen Kränkungen sprichst du?", fragte Lucy.

Der alte Mann trank einen Schluck aus der Flasche und setzte seine Erzählung fort: „Das ist schwer zu beantworten. Sieh; es hat einen Grund, weshalb man mich voller Spott den 'ersten Menschen' taufte: Ich war der erste, der unsere Position in diesem Universum erkannte! Einst war ich ein Forscher der Natur. Später wurde ich ein Forscher des Menschen, dann ein

Forscher des Flusses. Ich wollte die Menschen mit meinen Erkenntnissen aufklären! Diesen war meine Arbeit allerdings zuwider, als ich ihnen sagte, dass sie ein ebenso flüssiger und ebenbürtiger Teil des Natürlichen wären." Lucy unterbrach ihn:

„Teil des Natürlichen? Meinst du etwa die Natur?"

Der erste Mensch sah auf seine Werkzeuge, lächelte sie an und sprach: „Ich weiß, meine ganzen Instrumente können schon vermuten lassen, dass ich so gut wie alles über diese Welt in Erfahrung brachte. Das Problem mit Instrumenten, wie in der Musik, ist allerdings, dass man sie niemals alle auf einmal spielen kann. Und selbst wenn man es könnte, müsste man jeden Ton endlos und gleichzeitig spielen und jede schwingende Melodie erfassen, um einen vollständigen Klang als ein-Mann-Orchester zu erzeugen. Also frage ich dich: Zu welchem Zweck sollte man einen Fluss aufteilen? Es gibt nur Strömungen, flüssige Gesetze und Tonleiter, die es zu entschlüsseln gilt. Und wahrlich; die größte Tragödie meines Studiums war es, als ich bemerkte, dass man nie zwei mal in den selben Fluss treten kann. Die Menschen haben mich aus ihren Dörfern und Städten verbannt, weil sie es nicht ertrugen, wie ich ihnen ihre sogenannte 'Sonderstellung in der Natur' und ihre 'objektiven Wahrheiten' nahm. Wie könnte ich ihnen jedoch irgendetwas wegnehmen, was sie niemals besaßen oder besitzen werden? Sie warfen mir vor, dass ich ihren Gott getötet und den Teufel befreit hätte.

Denn was bleibt schon hoffnungsvolles, vollkommenes und all-gütiges übrig an diesem Fluss, wenn er nicht aus der Heimat eines Gottes stammt? Auch der Fischer hat sein Leben lang nach einer Möglichkeit gesucht, dieses Loch im Herzen der Menschen zu füllen."

Lucy schüttelte den Kopf und sprach: „Wie kannst du dir auch so sicher sein, dass wir Menschen nichts besonderes sind? Na gut, vielleicht stammt dieser Fluss eben nicht aus dem Reich Gottes. Sei es drum. Aber immerhin können wir im Gegensatz zu den Tieren unsere Umgebung erkennen, wie sie ist, und frei entscheiden, was wir damit anfangen wollen!

Was ist mit all unseren Erfahrungen, Forschungen, Erkenntnissen, Erfindungen? Kein Tier wäre zu so etwas fähig, also muss etwas an uns besonders sein!"

Der erste Mensch grummelte. „Du verstehst wirklich nicht, was ich dir sagen möchte, oder? Nichts im Universum lässt sich so erkennen, wie es wirklich ist; jede Interpretation der Welt ist Mensch-gemacht und in jedem Moment verändert sich sowohl der Mensch, als auch alles um ihn herum:

Es existiert nichts außerhalb des natürlichen Geflechts von Ursache und Wirkung, und selbst die Kausalität bleibt eine Interpretation des Weltgeschehens, wenn man den Scheinwerfer unserer Sprache und Wahrnehmung bedenkt. Selbst bei unseren sogenannten Naturgesetzen handelt es sich nur um Aufteilungen, Fetzen und Strömungen eines gesamten Flusses. Wodurch sollte also etwas in diesem Fluss 'besonders' werden? Wie könnte man sich auch nur einen Zeitpunkt vorstellen, an dem wir so etwas wie „Wahrheit" zu fassen bekämen? Und es stimmt, wir Menschen sind ohne Vergleich. Wir haben eben nichts dazu; mit Ausnahme der Kadaver unserer Vorfahren und uns selbst. Und außerdem: Du nennst uns besonders? Du nennst uns freier als ein Tier? Glaubst du etwa, dass wir Menschen keine unterbewussten An-Triebe hätten, die unsere 'Wünsche', 'Motive', 'Gedanken' und 'Handlungen' zu jedem Zeitpunkt kontrollieren? 'Der Wunsch ist der Vater des Gedankens', so spricht man noch heute im Volksmund - und sie lügen nicht! Jedoch fürchten sie sich vor dem 'Vater' ihrer Wünsche!

'Ich denke, also bin ich', so sprachen einst so manche Philosophen, als sie noch auf die Brücke zwischen Sprache und Verstand vertrauten. Und wahrlich: Selbst eine Brücke kann als eine Trennung verstanden werden, wenn man durch sie an die Existenz von Ufern glaubt: Nur durch unsere Sprache sind wir dazu in der Lage, Dinge voneinander zu trennen, die eigentlich untrennbar sind."

„Durch die Sprache?", fragte Lucy. „Die Welt existierte doch schon vor den Menschen, die den Dingen einen Namen gaben und sie so beschreiben können."

„Das ist wohl wahr", sagte der erste Mensch. „Jedoch spielt uns die Art und Weise unserer Beschreibungen und der Aufbau unserer Grammatik auch allzu gern einen Streich."

„Hast du vielleicht ein Beispiel parat?", fragte Lucy.

Der erste Mensch zeigte auf den Fluss. „Nehmen wir den Satz 'Der Fluss fließt'. Was fällt dir daran auf?"

„Naja, es ist eine Beschreibung davon, was der Fluss so tut", antwortete Lucy. „Ganz genau. Würde der Fluss allerdings aufhört zu fließen, wäre er dann noch ein Fluss?"

Lucy schüttelte nach einer Weile den Kopf.

Der erste Mensch fuhr fort: „Du bemerkst: Die Sprache verleitet uns dazu, zu einer Tat immer einen Täter hinzuzudichten, auch wenn nur die Taten existieren: 'Das Feuer brennt', 'die Sonne scheint', 'der Blitz leuchtet', 'die Wolken ziehen', 'der Regen tropft', 'die Kraft bewegt', 'der Spiegel spiegelt' – alles nur eine Verdoppelung von Taten innerhalb des Phänomens."

„Und was hat das mit dem Menschen zu tun?", fragte Lucy.

„Nun, betrachte doch mal den Satz 'Ich denke': Handelt es sich bei diesem nicht auch um eine Aufteilung von Dingen, die eigentlich untrennbar sind? Wie könnte man von einem 'Ich' sprechen, wenn es kein 'Denken' gäbe? Sehen wir den Menschen also als Phänomen an, jenseits unseres bisherigen Sprachverständnisses, so werden wir klüger: 'Etwas denkt, also *wird* 'Ich' '; so lautet also *meine* Lehre – und mit diesem *Etwas* habe ich schon zu viel gesagt!" Der alte Mann nahm nochmals einen tiefen Zug seiner Zigarre und trank einen Schluck Wasser.

„Aber ich bin doch aus freien Stücken zu dir gekommen, um zu erfahren, wer ich bin", murmelte sie. „Legst du mir nicht gerade Steine in den Weg?"

Der erste Mensch lächelte: „Oh, mein junges Ding, dabei kennst du nicht einmal den größten Brocken. Soll ich ihn dir zeigen?"

Auch wenn Lucy seine Worte schätzte, so fürchtete sie auch vor dem, was er als nächstes zu sagen hatte. „Ich bitte darum", antwortete sie dennoch mit traurig. „Wenn ich schon kaum erfahren kann, wer oder was ich bin, so möchte ich doch wenigstens erfahren, was ich nicht bin."

„Das ist die richtige Einstellung", antwortete der erste Mensch. „Wie sagtest du noch gleich? Du bist *aus freien Stücken* zu mir gekommen? Es wird Zeit für ein weiteres Gedankenexperiment: Stell dir vor du würdest zum selben Zeitpunkt unter den *exakt* gleichen Umständen und Bedingungen nochmals in diese Welt kommen. Denkst du, dass sich irgendetwas anders entwickelte, du die Sprache dieser Welt anders übersetztest oder du anderen Leuten auf deiner Reise begegnetest? Denn das wäre absurd! Es ist alles so geschehen, weil es geschehen *musste*."

Lucy verstummte und starrte mit leerem Blick auf den reißenden Strom des Flusses. Nach einigen Sekunden schüttelte sie den Kopf und sprach: „Ich verstehe nicht, was du meinst. Kannst du es mir nicht zeigen?"

Der erste Mensch brummte etwas unverständliches und kramte in seinen Werkzeugen auf der Wiese. Er holte die Armbrust und zwei Pfeile hervor. „Stell dir vor, du wärst diese Pfeilspitze", sagte er. „Nun lege ich den Pfeil in diese Armbrust und ziehe seine Sehne genau 40 Zentimeter nach hinten. So weit verstanden?" Lucy nickte. Der erste Mensch hob die Armbrust im 90 Grad Winkel zu seinem Körper und schoss den Pfeil über den Fluss. „Nun frage ich dich, was hat dafür gesorgt, dass der Pfeil genau diese Flugbahn hinter sich brachte?"

„Sehr vieles, vermute ich", antwortete Lucy. „Zum einen die Eigenschaften der Armbrust, also zum Beispiel das Holz, aus dem sie geschnitzt wurde, oder die Länge und Stärke der Sehne. Zum anderen die äußeren Einflüsse der Armbrust, wie beispielsweise von der Luft, vom Wind oder sogar von der Temperatur."

Der erste Mensch nickte. „Sehr gut. Nun lege ich noch einen in die Armbrust, ziehe wieder seine Sehne 40 Zentimeter zurück und schieße den Pfeil im genau gleichen Winkel ab. Was würde geschehen? Würde der Pfeil die exakt gleiche Flugbahn fliegen?" Lucy grübelte ein wenig, bis sie antwortete: „Vermutlich nicht. Schon allein weil du bereits mit der Armbrust geschossen hast. Die Eigenschaften des Holzes haben sich verändert, wenn auch nur minimal. Außerdem könnte der Wind seine Richtung geändert haben

und...." Lucy stockte. Langsam schien sie zu begreifen, was der erste Mensch damit meinte, als er sagte, dass man niemals zwei mal den gleichen Fluss betreten kann.

„Sehr gut nochmal. Aber jetzt kommen wir zum Höhepunkt: Stellen wir uns einmal vor, die Bedingungen für den zweiten Schuss wären nun doch *exakt* die selben wie dem dem Ersten. Würde dann dieser Pfeil auf die selbe Weise fliegen wie der erste?"

Plötzlich begann das Wasser des Flusses hohe Wellen zu schlagen und stürmte noch stärker als zuvor über das Land. Fast wurden Lucy und der erste Mensch durchnässt, doch sie saßen weit genug vom Fluss entfernt, sodass sie nur einige Tropfen abbekamen. Ein paar dunkle Wolken zogen auf, doch es waren nicht genug, um das Sonnenlicht zu trüben. Lucy versuchte ruhig zu bleiben, sagte jedoch angespannt: „Jetzt verstehe ich, was du mir sagen möchtest; jedoch glaube ich dir nicht. Es muss etwas an uns geben, das uns einzigartig macht. Du sagtest doch selbst, dass du Tiere, Pflanzen und Menschen erforscht hast. Sahst du nicht ihre Unterschiede? Ist es nicht ein freier Wille, der uns unterscheidet?"

„Unterschiede sind nicht wichtig. Es sind die Gemeinsamkeiten. Das konnte auch der Fischer nicht leugnen." Der alte Mann trank einen Schluck von seinem Flusswasser und blickte auf die Flasche. „Dieses Wasser ist das Blut *aller* Welten; und auch die lebenden Organismen sind Teil davon und folgen den gleichen Strömungen. Auch sie leben nach den Bewegungen der Nebenflüsse."

Lucy zündete ihre Zigarre an.

IV

„Und was lag nun am nördlichsten Punkt dieser Welt?", fragte das Mädchen, nachdem sie erschöpft an ihrer Zigarre gezogen hatte.

Der alte Mann stellte seine Flasche bei Seite und sprach: „Wir fanden damals ein kleines Dorf direkt zwischen Gebirge und Wald. Wir waren sehr erschöpft und mussten uns von seinem Wahnsinn erholen. Die Genesung des Fischers schritt allerdings weitaus langsamer voran, als die meine, also beschloss ich, allein den ersten Aufstieg zu wagen. Mit Notizbuch, Zigarren und Fernglas ausgerüstet machte ich mich auf den Weg zum höchsten Punkt. Es dauerte eine Woche, bis ich seine Spitze erreichte; völlig erschöpft und ausgelaugt stand ich dort. Der Boden war mit Geröll und Eis bedeckt, jeder Schritt hätte mein letzter sein können. Es war windstill, allerdings machte kalte und dünne Luft meine Knochen müde und Gedanken langsam. Die Sonne schien zudem unerbittlich und ich musste darauf aufpassen, keinen Sonnenbrand zu bekommen, während meine Gliedmaßen vor Kälte zitterten. Meine Sinne reichten allerdings aus, um zu begreifen, was ich dort oben sah. Oder besser gesprochen: Was ich nicht sah." Der alte Mann griff nach seinen Ring und murmelte leise: „Ich weiß nicht so recht, was ich erwartet hatte. Vielleicht hoffte ich doch darauf, einen Gott, ein Paradies oder zumindest etwas ähnliches zu finden.

Aber nein. Nichts. Nur Wasser. Überall schwarzes, kaltes, tosendes, Wasser, das auf diese Welt zuströmt. Ein Meer ist die Quelle dieses Flusses: Ich sah, wie es zwischen die Berge lief.

Der große Äquator hat nie seine Richtung gewechselt, doch seine Nebenflüsse...." Der alte Mann zog an seiner Zigarre. „Sie verändern ihre Richtung, verbinden sich hier, trennen sich dort, überschneiden ihre Bahnen, trocknen aus, wandern herum und beleben diese Welt nach den Gesetzen der Gezeiten. Im Sekundentakt schießen sie durch die Landschaft. Wie schwarze Blitze auf einem grünen Himmel. Nicht nur die Flüsse sind in Bewegung, sondern auch die Länder, Dörfer, Städte und Organismen, die ihre schöpferische Kraft benötigen. Auch während wir hier sprechen, kleine Lucy, verändert sich diese Welt. Aus diesem Grund ergibt es schlichtweg keinen Sinn, eine feste Karte zu zeichnen."

Lucy stand auf und nahm ihren Rucksack in die Hand. Sie hatte genug gehört; wollte nicht weiter den verwirrenden Worten des alten Mannes zuhören. „Ich glaube dir nicht. Ich will dir nicht glauben! Was sollte es mir bringen, eine Welt zu erkunden, die sich so schnell verändert? Wie soll ich bitte das Land des Fischers finden; geschweige denn mich selbst?"

„Nur weil sie sich so vieles hier verändert, bedeutet dies nicht, dass es keine Muster gibt", antwortete der erste Mensch mit ruhiger Stimme.

„Und wenn schon!", schnaubte Lucy. „Wenn wirklich alles wahr ist, was du sagst; *was bringt es mir dann*, meine Reise noch weiter fortzusetzen? Offensichtlich habe ich sowieso keinen Einfluss mehr darauf, was von nun an geschehen wird!"

Die Augen des ersten Menschen blitzten. „Das ist eine Frage, die ich dir nicht beantworten kann. Es war einer der Fragen, die der Fischer versuchte, zu beantworten."

„Und was sagte er?", fragte Lucy angespannt.

„Davon sollen dir lieber seine Schüler berichten. Ich würde euch beide ein Weilchen begleiten und zu ihnen bringen, wenn ihr nichts dagegen habt", sagte der alte Mann. Er zeigte auf die Kutsche und den schnarchenden Weinhändler.

„Das wäre vielleicht ein Anfang", sagte Lucy und lief mit gesenkten Kopf und langsamen Schritt zur Kutsche. Die Wolken wurden dichter und leichter Nebel zog über die Wiese, sodass die gesamte Landschaft von einem grauen Schleier überzogen wurde. Die feuchte und kalte Luft machte Lucy das Atmen schwer. Der erste Mensch verstaute seine Werkzeuge in einen weißen Beutel.

Er legte ihn auf die Ladefläche und setzte sich auf den mittleren Platz neben den Weinhändler, der sofort erwachte. „Lucy, bist du wieder da?", fragte er und öffnete langsam seine Augen. Er blickte direkt in das Gesicht des ersten Menschen. Ruckartig schreckte er zusammen, sodass er fast von der Kutsche fiel.

„Guten Tag, alter Freund", sagte der alte Mann. „Wie ich sehe hast du den Tod deiner Frau immer noch nicht überwunden. Oder ist es etwas anderes? Nun sag schon, was verdrängst du diesmal?"

Der Weinhändler starrte zu Lucy, die gerade auf die Kutsche steig. „Wieso musstest du ihn mitnehmen?"

„Ich glaube, dass ich ihn für meine Suche brauche!", entschuldigte sich Lucy.

Der Weinhändler grummelte. „Na sei es drum", sprach

er und nahm nochmals einen Schluck Wein.

Der erste Mensch schüttelte den Kopf. „Ein Weinhändler, der seine eigene Ware trinkt. Welch ein Anblick."

„Du willst wissen, was ich gerade verdränge?", fragte der Weinhändler wütend. „DICH verdränge ich!

Wie du in meinem Kopf sitzt; mit deiner kalten Logik und gefühllosen Suche nach deinen 'Wahrheiten'. Welch Zauber hatte doch die Welt, bevor es dich gab! Damals; als man noch an Wunder glaubte und das Leben mit Mythen schmückte! Du gabst uns Menschen Einsicht; doch dein Preis war das, was wir einst Seele nannten! Und da wunderst du dich, dass du verbannt wurdest, aus Dörfern und Städten? Sieh dich doch nur um; du bringst schlechtes Wetter! Die Menschen sehen dich an und laufen schreiend davon; ängstlich davor, dass du ihnen noch die letzte Illusion raubst, die sie über Wasser hält!"

Der alte Mann blieb ruhig. „Wieso sollten sie sich auch über Wasser halten wollen; wo wir doch alle im selben Meer schwimmen? Lieber noch tiefer hinein; sodass sie lernen, bis auf den Grund zu sehen; denn dort sitzen die Krankheiten dieser Welt."

„Krankheiten? DU machst uns krank! Mit Verstand ignorieren; das ist eine Tugend! Vielleicht solltest auch du mal davon Gebrauch machen!"

„Jetzt hört endlich auf!", unterbrach Lucy und nahm die Zügel in die Hand.

Der erste Mensch sprach zum Weinhändler: „Ganz in der Nähe sollten junge Angler stehen, die vom Fischer lernten. Mit großer Wahrscheinlichkeit werden sie auch Wein benötigen, also hör jetzt auf zu schmollen!"

Der Weinhändler nickte eingeschnappt.

„Los gehts!", rief Lucy und versuchte, den Schimmel anzutreiben, der sich allerdings keinen Zentimeter bewegte. Sie versuchte es noch ein weiteres mal, jedoch ohne Erfolg. Der Wind pustete Lucy ins Gesicht, als wollte er ihre Weiterfahrt noch zusätzlich erschweren.

„Was ist denn mit dem Gaul passiert?", fragte der Weinhändler und nahm die Zügel in die Hand. „Na los Großer, wir haben nicht den ganzen Tag Zeit!"

Hektisch versuchte auch er, das arme Tier anzutreiben, doch es gelang auch ihm nicht.

Der erste Mensch sah nachdenklich zu seinen Sitznachbarn. „Vielleicht müssen wir dem Pferd erst erzählen, wo unser Ziel ist", sagte er und zwinkerte Lucy zu.

„So ein quatsch", sagte der Weinhändler und holte eine

Peitsche vom Laderaum hervor. „Der Gute braucht nur ein bisschen Inspiration!"

Erschrocken wies der erste Mensch ihn zurück. „Lass mich es mal versuchen, bevor hier noch jemand verletzt wird. Du weißt doch, was mit dem Fischer geschah, als du das letzte mal einen Gaul verprügelt hast!", sagte er zum Weinhändler, ergriff seine Peitsche und nahm die Zügel in die Hand.

Sobald seine Haut das Leder der Riemen berührte, drehte sich der Wind und der Schimmel lief los. Verwirrt sahen Lucy und der Weinhändler zum ersten Menschen. „Ich kann es mir auch nur schwer erklären, aber irgendwie ahnte ich, dass es klappen würde", sagte der alte Mann.

„Dabei musstest du nicht einmal etwas sagen!", fügte der Weinhändler hinzu.

Lucy sah traurig auf ihre Füße. Sie erschrak: „Der Stock des Reisenden ist verschwunden!", rief sie verzweifelt und sah zum Weinhändler. „Hast du irgendetwas mitbekommen? Wie konnte das nur geschehen?"

Der Weinhändler zuckte mit den Schultern. „Tut mir leid, doch ich habe geschlafen. Vielleicht hat ihn ja der erste Mensch aus der Kutsche geworfen?"

Dieser schüttelte allerdings den Kopf. „Ich weiß wirklich nicht, wovon ihr sprecht", sagte er.

„Du weißt mal etwas nicht? Wie erfrischend", spottete der Weinhändler.

Die drei Angler

I

Lucy stand auf und sah sich um. Eine große Biene schwirrte vor die Kutsche und setzte sich auf den Kopf des Schimmels.

„Ich kenne dieses Tier!", riefen Lucy und der erste Mensch gleichzeitig. Der alte Mann schien verwundert. „Du kennst diese Bienenkönigin? Woher?"

„Sie fand mich schon damals, als ich orientierungslos im Wald herum lief", antwortete sie.

„Ich verstehe", sagte der alte Mann. „Einer der Angler kümmert sich ab und zu um das Bienenvolk der Königin. Vielleicht kann sie uns ja zu ihnen führen?" Er sah zur Biene, die in die Höhe glitt. „Wirklich wunderbare Tiere, diese Bienen." Er blickte blickte ihr zufrieden hinterher.

Sie fuhren einige Stunden am Ufer des Flusses entlang. Lucy sah zum alten Mann: „Aber eins verstehe ich immer noch nicht so ganz", sagte sie. „Wie kannst du je das Gebirge erreicht haben, indem du dem Fluss folgtest? Der Weinhändler sagte mir, dass er kein Ende hat."

„Und damit hat er nicht gelogen; vermutlich meinte er die Strömungen des Meeres. Oder er hat einfach Angst vor dem, was hinter den Bergen liegt."

Lucy sah zum Weinhändler. Er schien zu schlafen, doch sie war sich sicher, dass er nur so tat, um nicht länger mit dem ersten Menschen reden zu müssen. Sie schaute nach vorn. „Seht, dort hinten!", rief sie und zeigte auf dunkle Umrisse am Horizont: Es war in der Ferne eine kleine Holzhütte zu erkennen, die direkt an den Fluss gebaut war. Je näher sie kamen, desto mehr wurde von ihr offenbart: Das Dach wurde von kleinen Windspielen verziert und ein kleiner Schornstein ragte heraus. An der Fluss-Seite der Hütte war ein hölzernes Wasserrad angebracht, welches sich trotz der starken Strömungen nur recht langsam drehte. Es schien sogar etwas größer als die Hütte selbst zu sein. Als die Gefährten mit der Kutsche vor ihr standen, wollte Lucy ihren Augen nicht trauen: Die Vorderseite glich abermals der Hütte des Reisenden und des Farbensammlers. Sie schüttelte den Weinhändler: „Wach auf! Sieh dir diese Hütte an; kommt sie dir nicht bekannt vor?"

Der Weinhändler öffnete kurz die Augen, schloss sie jedoch direkt wieder. „Wie soll eine modrige Holzhütte sonst aussehen? Hoffentlich ist es nicht die gleiche Hütte; das Kellergeschoss wäre jedenfalls vom Flusswasser durchflutet und hätte meine Fässer davon gespült", murmelte er lächelnd und tat anschließend so, als würde er schnarchen.

„Hast du nicht eine Erklärung dafür, dass irgendwie alle Hütten in dieser Welt gleich aussehen, oder zumindest sehr ähnlich?", fragte Lucy den ersten Menschen.

„Ist mir nicht wirklich aufgefallen. Hast du sie schon mal gesehen?", fragte er.

„Ich weiß es nicht genau", antwortete Lucy.

Die große Biene hatte bereits ihren Stock erreicht, der neben der Hütte aufgestellt war. Das laute Summen des Bienenvolkes erfüllte die Luft, als sie hinein flog, sodass es für eine kurze Zeit sogar das Rauschen des Flusses übertönte. Es schien so, als würden sie ihre Ankunft feiern.

Als die Kutsche an der Hütte vorbei fuhr, erblickte Lucy drei Angler, die mit einigen Metern Abstand voneinander am Fluss standen.

Der erste Angler, der am weitesten von der Hütte entfernt stand, drehte sich um. Die Anderen schienen die Kutsche zu ignorieren. „Ja wer seid ihr denn? Ich grüße euch, liebe Menschen auf der Kutsche!", rief er und winkte ihnen mit den Armen zu. „Seid ihr auf der Suche nach jemanden?"

Lucy sah zum Weinhändler, der immer noch so tat, als wolle er schlafen. Anschließend rief sie dem Angler zu: „Wir suchen die Schüler des Fischers, sind wir hier richtig?"

Der Angler sah zu seinen Kollegen. „Die junge Frau da drüben will zu den Schülern des Fischers, ist sie hier richtig?"

„Wen kümmert's, mach dich weiter an die Arbeit!", zischte der zweite Angler.

Der dritte Angler drehte sich zum zweiten Angler und sprach mit ernster Stimme: „Sei doch nicht immer so unhöflich, es sieht ganz danach aus, als hätten wir Gäste." Er drehte sich zur Kutsche und winkte sie zu sich.

Lucy sah zum ersten Menschen. „Möchtest du mich begleiten? Ich könnte jemanden gebrauchen, der die Weinflaschen trägt."

Er drehte sich zum Weinhändler.

Der alte Mann grummelte, als er eine Kiste Wein von der Ladefläche hob und mit Lucy zu den Anglern lief.

Noch bevor die beiden zum Dritten laufen konnten, kam ihnen der erste Angler, der sie zuvor begrüßt hatte, entgegen.

„Vergesst einfach meine Kollegen. Sie lieben das

Angeln viel zu sehr und wehe es gibt da jemanden, der sie dabei stört", sagte er und zog an einer Pfeife, wodurch süßlich duftender Rauch in die Luft strömte.

Der Angler trug ein grünes Gewand und eine braune Hose, die viel zu lang für seine Beine war. Er grinste sie mit gelben Zähnen an. „Kommt mit mir, zu meiner Angel. Ich habe sie auf ein Gerüst gestellt, sodass ich nur noch warten muss, bis endlich ein Fisch anbeist. Sie erledigt zwar die meiste Arbeit, jedoch muss ich darauf aufpassen, dass sie nicht von einem zu dicken Fisch aus dem Boden gerissen wird."

Sie liefen zum Ufer des Flusses. „Und wer sollte derjenige sein, der die Fische aus dem Wasser zieht?", fragte Lucy mit einem Grinsen. Der grüne Angler überlegte kurz und schnippte mit den Fingern. „Jap, das wäre dann auch ich. Passiert zwar nicht allzu häufig, aber wenn es passiert...", sagte er und rieb sich den Bauch. „Lecker-Schmecker sag ich euch, ein hoch auf den Fluss und seine schuppigen Gaben!" Er drehte sich zum Fluss und verbeugte sich.

„Aber musst du nicht hungern, wenn die Fische nur selten anbeißen?", fragte Lucy amüsiert.

„Ach, das ist gar nicht so schlimm. Die Formeln des Flusses lehrten mich, dass man gar nicht erst anspruchsvoll werden sollte. Es bringt einfach nichts, dicke Fische zu angeln: Mein Magen würde aus Gewohnheit wachsen und immer mehr Fisch bräuchte ich, um seinen Hunger zu stillen. Das ist die Lösung für ein glückliches Leben, ich sag's euch!", sagte er und zog an seiner Pfeife.

„Und was machst du den ganzen Tag, wenn du nicht auf deine Angel konzentriert bist?", fragte der erste Mensch, der den Angler von oben bis unten begutachtete.

„Ich schnippe Steine in den Fluss und zähle, wie oft er auf die Oberfläche prallt. Ich stelle mir gern vor, wie die Strömungen des Wassers seine Form verändern, nachdem er versunken ist."

Die Augen des ersten Menschen blitzten. „Und du bist dir sicher, dass du die Formeln des Flusses richtig verstanden hast?", fragte er und Lucy bemerkte einen Hauch von Zorn in seiner Stimme.

Der grüne Angler lachte und sprach: „Selbstverständlich: Alles ist in Verbindung miteinander, alles ist Eins, alles um uns herum hat uns zu dem gemacht, wer wir heute sind." Er breitete die Arme aus und drehte sich mit geschlossenen Augen zum Ufer. „Ich gebe mich den Strömungen des Flusses vollständig hin und heraus komme ich selbst; wie wunderbar diese Welt doch ist. Wenn es der Fluss wünscht, dass ich zu Essen bekomme, dann soll es so sein. Wird mir ein Raubvogel diesen aus meiner Pfanne klauen; so weiß ich, dass zuvor seine Umstände und Triebe ihn lenkten, um später seine Jungen zu füttern. Wahrlich; wenn die Formeln des Flusses mich eins lehrte, dann ist es Liebe, Demut und Vergebung; denn wenn alles, was passiert, durch Dinge bestimmt wird, die bereits geschahen; wie kann es dann so etwas 'Verantwortung' überhaupt geben?"

Der Angler setzte sich auf eine Liege neben seiner Angel und nahm noch ein paar Züge seiner Pfeife.

Lucy zitterte, doch der erste Mensch konnte sie durch einen Händedruck ein wenig besänftigen.

Der zweite Angler drehte jedoch ruckartig seinen Kopf und brüllte den grünen Angler an: „Das kann sich ja kein Mensch mit anhören, der noch klar bei Verstand ist! Glaubst du doch tatsächlich, wir wären so untätig wie Steine! Wieso gehst du nicht gleich zu den Medizinern in den Wald, wenn dir so wenig an deinem eigenen Leben liegt? Du hast ja offensichtlich nichts mehr zu verlieren, was irgendwie von Bedeutung wäre. Sie fragten nach einem Schüler des Fischers, jedoch bekamen sie einen Gartenzwerg, der seinen Verstand mit grünen Kräutern benebelte und sich aus seiner Verantwortung argumentiert. Wie hältst du nur dein

Dasein aus; glaubend, dass du keine Kontrolle darüber hast und nicht entscheiden kannst, wohin es dich treibt?"

Der grüne Angler sah ihn an und lächelte. „Das ist ja wieder einmal typisch für dich. Glaubst du etwa, dass du die Hauptperson deiner eigenen Geschichte bist? Hast du dich mal umgesehen? Du bist doch nur neidisch, dass ich das Glück erfand und die Liebe predige! Wie könnte das jemand wie du nur verstehen? Dich kümmern doch nur deine widerwärtigen Lachse, die den Fluss durch ihr Getue verseuchen!"

„VERSPOTTEN?!", schrie der zweite Angler und lachte los. Er nahm einen Lachs aus seinem Eimer, hielt ihn an sein Ohr und murmelte etwas für Lucy unverständliches.

„Der Lachs hat zu mir gesprochen!", rief der zweite Angler spöttisch. „Er sagte, dass ich dir mit meiner Angelrute in die Schnauze hauen sollte! Er versprach mir, dass du mir bereits vergeben hast!"

Völlig überfordert sahen Lucy und der erste Mensch zu, wie der zweite Angler auf den Grünen zulief, mit Angelrute in der Hand. Er trug einen mit Ködern gefüllten Werkzeuggürtel, der mit allerlei Angelhaken bestickt war und einen braunen Hosenanzug, an dessen Gürtelschnallen Messer in verschiedensten Formen und

Größen zu sehen waren. Sein Gesicht war kantig, schmal und mit strengem Blick.

Der grüne Angler schreckte zurück: „Bleib wo du bist! Erinnerst du dich nicht an unser Gespräch? Wir haben ausgemacht, dass du dich mindestens drei Meter von mir fern halten sollst!"

„Ach haben wir das?", fragte der aggressive Angler. „Wie willst du es rechtfertigen, wenn ich unsere kleine Regelung nun breche? Wirst du dir einreden, dass ich durch ein schreckliches Ereignis in meiner Kindheit zum Verbrecher wurde und du dich deshalb nicht wehren möchtest? Wirst du dir einreden, dass die Summe meiner Erfahrungen auf meinen Neuronen tanzt, sodass ich nicht anders in der Lage wäre, als dich anzugreifen?

Was ist Emotion? Was ist Gedanke? Was ist Verantwortung? Was ist Willenskraft? Was ist Leidenschaft? Was ist Stärke? Was ist Disziplin? Was ist ein *Ziel*? Beantworte mir eine Frage, mein grüner kleiner Gartenzwerg: Wieso predigst du nur deine Vorstellung des Flusses, wenn du doch weißt, dass uns der Fischer die Formel des Wachstums lehrte?"

Die Stimmung des ersten Menschen legte sich und Lucy vermutete, dass er den zweiten Angler mochte. Zumindest schien er ihn mehr zu mögen, als den Ersten.

Irgendwie verwunderlich, dass er sich nicht offenbarte, um den Streit zumindest ein wenig zu besänftigen.

Sie unterbrach die Angler: „Alles schön und gut meine Herren, jetzt beruhigen wir uns bitte wieder. Zu aller erst möchte ich gerne Wissen, wo der genaue Unterschied der Formeln liegt. Eure Sprache ist mir fremd und mein Dolmetscher scheint zu schweigen." Sie sah vorwurfsvoll zum ersten Menschen und fuhr anschließend fort: „Ich hörte von den Formel des Flusses, jedoch weiß ich nichts von der Formel des Wachstums." Sie sah zum zweiten Angler. „Hast du vielleicht eine Erklärung parat? Was soll denn nach ihr 'wachsen'?"

Der grüne Angler verdrehte die Augen, doch der Zweite zog einen Mundwinkel in die Höhe und sprach. „Ganz einfach: Der Mensch."

II

Plötzlich begann sich das Wasserrad, das zuvor noch ruhig durch die Strömungen des Flusses glitt, mit lautem Geratter zu beschleunigen. Es wurde sogar so schnell, dass die Holzhütte zu schwingen begann. Der zweite Angler fuhr fort: „Sag mir, junge Dame, kennst du die Aufgabe der Lachse?" Lucy schüttelte den Kopf.

Er sprach weiter: „Ganz im Gegenteil zu den kleinen, bunten Fischen des Grünschnabels hier drüben, schwimmen die Lachse in eine andere Richtung; entgegen der Strömung des Flusses, um ihre Eier an einen Platz im Gebirge zu legen. Wobei die restlichen Fische nur verstehen, sich treiben zu lassen, will der Lachs mit Ehrgeiz und Muskelkraft sein Ziel erreichen; koste es, was es wolle." Er blickte zum grünen Angler. „In manchen Situationen, wenn die Nahrung knapp und der Hunger groß ist, fressen sie sogar ihre Artgenossen, um gestärkt ihren Weg fortzusetzen. Kannst du dir das vorstellen, mein alter Freund?"

Der grüne Angler wendete angewidert seinen Blick ab. „Es sind böse Fische!", rief er. „Dennoch danke ich ihnen, dass sie existieren. Sie helfen mir dabei, zu erkennen, welche Art von Tieren ich niemals aus dem Wasser ziehen möchte."

Der zweite Angler schüttelte den Kopf und lachte:

„Seht ihn euch nur an! Er *braucht* die Lachse, um zu wissen, wer er ist. Das nenn' ich mal 'Selbst-los'!

Seinen Spieß möchte ich nun umdrehen, also frage ich euch: Was kann man von den Lachsen lernen? Dass die Natur nur einem Gesetz folgt: Es überlebt der Stärkste; und *nur* der Stärkste und alles, was schwach und unvollkommen ist, soll nach dem Willen des Flusses zugrunde gehen!"

Lucy war fassungslos. „Und was hat das mit den Menschen zu tun? Wir sind doch keine Lachse!"

Der grausame Angler drehte sich zu seinem Angelplatz. Es hatten sich einige Möwen um seinen Eimer versammelt, in dem er seine gefangenen Lachse aufbewahrte. „Du willst wissen, was das mit den Menschen zu tun hat?", zischte er, zog ein Messer aus seiner Gürtelschnalle und lief auf seinen Eimer zu. Noch bevor Lucy einschreiten konnte, packte der Angler eine Möwe am Hals und schlitzte ihren Bauch auf, sodass ihr Blut auf die weißen Federn der anderen Tiere spritzte. Anschließend warf er den toten Körper des Vogels in den Fluss, die anderen flogen davon. „Du hast mich schon verstanden", sagte er. Mit düsterem Blick sah er zu Lucy und den grünen Angler, die beide mit den Tränen kämpften und beschämt auf den Boden sahen.

Der erste Mensch jedoch wütete und brüllte: „WAS SOLL SIE BITTE VERSTANDEN HABEN? DU BIST ES, DER NICHTS VERSTANDEN HAT!"

Der grausame Angler lief auf ihn zu, während er sprach: „Oho, der alte Mann hat sprechen gelernt. Sag mir, hat man zu deiner Zeit denn schon Wissenschaft betrieben, oder hast du deine größten Erkenntnisse noch von den Höhlenwänden aus der Steinzeit? Falls du es noch nicht mitbekommen haben solltest; wir Menschen haben uns weiter entwickelt. Wir haben unsere Position in diesem Universum erkannt. Das haben wir dem ersten Menschen zu verdanken, der bis auf die Spitze des höchsten Berges kletterte und ein für allemal den Mord Gottes in die Wege leitete. Seine Regeln und Gebote starben mit ihm, also müssen wir uns an die Regeln und Gebote der Natur halten, um das Glück für uns selbst zu finden. Und wenn die Natur grausam ist, wieso sollten wir es nicht sein? Wieso nicht frei sein, von jeder moralischen Pflicht und jedem 'du-sollst'?"

„Lass dir eins gesagt sein, Wespe!", brüllte der dritte Angler, während er auf sie zu rannte. Er trug ein weißes Hemd mit langen Armen, eine schwarze Hose und einen Imker-Hut, sodass sein Gesicht von einem Netz verschleiert war. Um seinen Hals lag eine Kette, die einer dünnen Schlange ähnelte, welche sich selbst in den Schwanz zu beißen schien, um nicht herunter zu fallen. „Die Gesetze, die dieser Mann auf höchsten Bergen erkannte, geben KEINERLEI Richtlinien, wie du dich verhalten *solltest*. Der Fluss ist stumm, ohne Willen und Gebote; also lehrte anschließend der Fischer, dass es der freie Mensch ist, der seine *eigenen* Gebote schaffen soll, *nachdem* er genug Gesetze und Strömungen des Flusses erkannt hat!

So viele seiner Schüler ignorierten diese Voraussetzung und suchten in der Grausamkeit einen Ausweg aus der Hoffnungslosigkeit. Ich glaube, du bist einer von ihnen! Merkst du nicht diese Ironie, in der du dich verstricktest? Du sprichst von der Gesetzlosigkeit der Natur und nimmst dir dennoch grausame Fische zum Vorbild, jedoch sind sie genau das: Vorbilder und Fische. Nun sag mir: Bist du noch ein frei denkender Mensch, der angeblich im Einklang mit den 'Geboten' der 'Natur' lebt, oder ebenso ein Gefangener wie unser grüner Kollege hier drüben, indem du durch deine Hirngespinste nach Einklang mit dem, was du 'Natur' schimpfst, überhaupt suchst?"

Der grüne Angler zog verzweifelt ein weiteres mal an seiner Pfeife, während der grausame Angler sein Messer umklammerte und noch ein paar Schritte auf den ersten Menschen zulief. „Ich hörte, dass du zusammen mit dem Fischer ins Irrenhaus gewandert bist", murmelte er, „Wärst du doch dort geblieben, denn dort warst du in Sicherheit. Sobald ich genügend Lachs sammelte will ich nämlich ins Dorf zurück kehren, um meine Lehre zu verbreiten. Mal sehen wie lange es dauern wird, bis wir dich jagen. Du bringst Zweifel und dies ist das letzte, was ein entschlossenes Volk braucht!"

Er drehte sich zum dritten Angler. „Und außerdem: Wieso fragst du mich, ob ich Mensch oder Fisch sei? Er war es doch, der uns Menschen zu den Tieren stellte! Er war es doch, der uns unsere unterbewussten Triebe und Bedürfnisse aufzählte, unsere Wahrnehmung von der Welt als lächerlich bezeichnete, unser Vertrauen in die Sprache zerstörte und unseren freien Willen weg argumentieren wollte, sodass wir Menschen unseren Glauben an uns selbst verloren und mit Wahrheiten allein gelassen wurden, die wir nicht zu bewältigen wussten!" Er sah zum grünen Angler, der verängstigt auf seiner Liege verharrte und fügte leise hinzu. „Wir verloren den Glauben an ein 'Selbst' insgesamt.

Unser Mosaik ist in tausend Teile zersprungen. Wir verstehen uns nicht länger. Aus den Steinen unserer Sprachbarrieren wurden Gefängnismauern errichtet. Und liegt es nicht in der Natur des Gefangenen, sich im

Notfall mit Gewalt einen Weg ins Freie zu verschaffen? Sieh doch hin, das Werk des ersten Menschen liegt auf einer Liege zu unseren Füßen! Er nahm uns unsere Seele, er nahm uns unseren Willen, und am schlimmsten: Er nahm uns unseren *Sinn*!" Der grausame Angler schien verzweifelt zu sein. Lucy sah Tränen in seinen Augen und Wut verzerrte sein Gesicht. „Vergleicht mich niemals mit diesen Feiglingen auf ihren Liegen, oder dem sinnlosen Abschaum im Wald. Im wahrsten Sinne verloren sie ihre Sinne! Sie konnten ihren Schatten nicht beherrschen, also richtete er sich gegen Sie. Sollen sie sich selbst hassen und zerfleischen, mir ist es recht; ich werde nicht zögern, meinen Hass mit einem Gesicht zu füttern!"

Was hatte er nur vor? Lucy griff panisch in ihren Rucksack, um im schlimmsten Notfall den Dolch zu verwenden. Sie ahnte jedoch bereits was geschehen würde:

Der Himmel verdunkelte sich, auf der Stelle verlor sie ihr Gleichgewicht und sackte zusammen, während sie ihre Hände an den Kopf hielt. Dann richtete sie ihren Zeigefinger zur Sonne hin, die grau geworden war und immer weiter verblasste. Es war windstill und keine Wolke zog über den Himmel. Hinter ihnen begann das Pferd des Weinhändlers lautstark zu rasen und wehrte sich mit Tritten von den Gurten der Kutsche, bis es sich schließlich losriss. Bewegungslos lag Lucy auf dem Rücken und musste zusehen, wie es davonrannte. Das Wasserrad blieb stehen.

Der grausame Angler sah in den Himmel und lachte: „Dass ich das nochmal erleben darf", sagte er, während Tränen über seine Wangen liefen. „Ein neues Erwachen steht uns bevor, meine Freunde. Ich kann es spüren. Bald wird die schwarze Sonne wiederkehren und ein neues Zeitalter soll über diese Lande ziehen. So möge nun meine Suche nach dem Dolch des Schülers beginnen! Ich werde mit ihm die Lachse für die Menschen zubereiten; sodass sein Gift in die Adern der Hungrigen fließen wird. Sie werden jemanden brauchen, der ihnen ein Heilmittel bietet. Vielleicht könnte ich es sein?"

„WARTE!", schrie der dritte Angler. „Iss bitte etwas Honig mit uns; ich flehe dich an. Auch du bist vergiftet! Du weißt doch, was der Fischer uns lehrte!"

„Zum Teufel mit dem Fischer!", brüllte der grausame Angler. „Er war zu schwach für seine eigene Lehre, ich bin es jedoch nicht!"

Er sah zum grünen Angler: „Tut mir Leid alter Freund, doch mit dir werde ich beginnen. Für dich ist wohl kein Platz mehr in dieser Welt."

Der grausame Angler hob den Grünen mitsamt der Liege hoch und warf ihn ins Wasser.

Fassungslos sah Lucy zu, wie er den Fluss entlang trieb. Er stieß einen verzweifelten Schrei aus und klammerte sich an seine Liege, während er wie erstarrt davon strömte. Das war es also, wovor der Reisende sie gewarnt hatte.

Der grausame Angler lief auf sie zu und griff nach der Schulter des ersten Menschen. Dieser stieß ihn allerdings zurück und brüllte: „TUT MIR LEID, DOCH IN DIESER WELT IST AUCH KEIN PLATZ FÜR DICH!" Blitzschnell schlug er ihn mit seiner rechten Faust ins Gesicht, sodass sich sein Ring in das Jochbein des Anglers bohrte und es zertrümmerte.

Der Angler taumelte ein paar Schritte nach hinten und fiel ebenfalls in den Fluss.

Die Strömungen trieben ihn vom Ufer weg, während er panisch gegen sie ankämpfte. „EINMAL MÖRDER, IMMER MÖRDER!", schrie er und versuchte, sich krampfhaft über Wasser zu halten. Langsam schienen seine Kräfte zu versagen, sodass sein Kopf im dunklen Wasser versank.

III

Still schweigend standen sie am Ufer. Seichte Wolken zogen über den Himmel und die Sonne gewann wieder an etwas Helligkeit, sodass weißes Licht das Land bedeckte. Ein leichter Windzug durchstrich Lucys Haar.

Der dritte Angler begann langsam zu klatschen: „Kommt meine Freunde, ihr habt genug durchgemacht. Holt euren Kollegen von der Kutsche ab; ich werde für euch kochen. Genug Fisch für uns alle habe ich geangelt und vielleicht könnte eine Suppe mit Honig eure Gedanken wärmen."

„Bist du nun ein Angler oder ein Imker?", fragte Lucy.

Er lächelte und sprach: „Beides, und vieles mehr. Der Fischer lehrte mich, dass man die Weisheit am besten von den Bienen erlernen könnte, während das Studium des Flusses für ausreichend Klugheit sorgt. Also ernähre ich mich nun fast ausschließlich von Fisch und Honig! Ab und zu genehmige ich mir auch ein paar Gläser Wein; umso besser, dass ihr einen Weinhändler dabei habt."

Er machte erneut eine auffordernde Handbewegung und lief zur Kutsche.

Der Weinhändler saß weinend auf der Ladefläche und betrauerte sein Pferd. „Was ist nur passiert?", fragte er verzweifelt. „Er war schon immer etwas störrisch, aber wieso musste er mir nun davon laufen? Wie soll ich denn nun weiter reisen und meine Ware verkaufen; er kannte diese Umgebung doch viel besser als ich!" Schluchzend griff er nach einer Weinflasche und trank sie in einem Zug aus.

Der Angler legte einen Arm auf seine Schulter: „Ich könnte einem alten Freund von mir einen Brief schicken, vielleicht ist er ja zufällig in der Nähe. Ich kann es dir nicht versprechen, doch vielleicht bietet er euch an, auf seinem Schiff durch diese Welt zu segeln."

Der Weinhändler nickte und wischte sich die letzten Tränen von den Wangen. Zusammen liefen sie in Richtung Hütte.

Der Angler zeigte auf das Wasserrad, das immer noch trotz der starken Strömung still stand. „Habt ihr eine Ahnung, was mit dem Rad passiert sein könnte?"

Lucy hatte eine Vermutung, doch konnte ihren Gedanken nicht so wirklich in Worte fassen, sodass sie lieber schwieg. Vielleicht war es bloß ein Gefühl.

„Ich werde gleich mal drüber schauen", sagte der Weinhändler ruhig. „Meine selbstgebaute Kutsche ist ebenfalls aus Holz, einen Schaden kann ich sicherlich erkennen."

Der erste Mensch sah ihn verwundert an und lachte. „Wohl wahr. Jedoch war es an deiner Kutsche das Pferd, was nicht richtig funktionierte."

Der Weinhändler schluchzte, dicht gefolgt von einem kleinen Lächeln auf seinen Lippen. „Manchmal bist du einfach ein Arschloch."

Der Angler lachte ebenfalls und sprach: „Naja, also der Fluss funktioniert immer noch tadellos. Wir werden sehen. Nun lasst uns aber hinein gehen! Ich muss nur noch den Fisch und Honig holen." Er lief nochmal zum Ufer zurück und holte seinen Eimer.

„Und auf welche Fische hast du dich so spezialisiert?", fragte Lucy, während sie einen Blick in seinen Eimer warf.

„Ich habe keine Vorlieben für bestimmte Arten Fisch", sagte der Angler und grinste. „Die Hauptsache ist doch, dass unser Hunger gestillt wird."

„Und wenn es Lachse sind?", fragte Lucy.

„Lachse können ebenfalls den Hunger stillen, auch wenn sie mit Vorsicht zu genießen sind. Ich esse aus diesem Grund niemals welche, ohne sie vorher in Honig zu tränken." Er lief mit Lucy zum Bienenstock und füllte ein kleines Glas mit frischen Honig, während er sprach: „Von den Bienen lehrte der Fischer; mit

Geduld und Sorgfalt sollten wir unseren Nektar sammeln. Doch seine Schüler...so viele von ihnen wurd' nur der Stachel eine Tugend! Wie nichtig wurd' für sie das Sammeln, Summen und Honig brauen? Also tun sie's den Wespen gleich; sodass sie nur noch verstehen, zu stechen, und keine Honigwabe soll durch ihr Tun zur Schönheit und Vollkommenheit gelangen. Oh wie viel Furcht und Rache ist heute noch in ihrem Wespen-Dasein? Dabei war es doch das Gegenteil, was der Fischer uns lehrte! Dass der Mensch befreit ward von dem ewigem Kreislauf der Rachsucht und dass er stets *neue* Blüten zum sprießen bringe, um die Schönheit und Herrschaft der Weisheit, Kunst und Kulturen über diese Lande zu bringen!

Der grausame Angler fürchtete das Biest in seinem Herzen und sprach davon, es zu beherrschen. Jedoch konnte er es nicht bezwingen und aus Angst davor, dass es sich gegen ihn wendete, ließ er es hinaus. Was anschließend geschehen ist, hast du gerade gesehen. Furcht und Schwäche trieben ihn zur sinnlosen Grausamkeit, wodurch auch er auf andere Weise sinnloses Leid hervor brachte.

Ständig sprechen die Menschen davon, 'den Spieß herum zu drehen'. Verflucht sei dieser Spieß; er gehört abgeschafft!" Er schloss das Honigglas und lief zur

Hütte, wo die anderen auf sie warteten.

„Wie ist eigentlich dein Name, junge Dame?", fragte der Angler.

„Mein Name ist Lucy", antwortete sie.

„Ich grüße dich, junge Lucy." Er sah zum ersten Menschen. „Ich erkannte dein Gesicht, als du von der Kutsche gestiegen bist. Ich grüße auch dich und entschuldige mich aufrichtig für das Verhalten meiner Angler-Kollegen."

„Da gibt es nichts zu entschuldigen", antwortete der erste Mensch und reichte dem Angler die Hand. „Ich erkenne auch dein Gesicht. Du warst einer unserer besten Schüler."

Lucy sah ihn verwundert an. „Unserer? Hast du mit dem Fischer zusammen unterrichtet?"

„So ungefähr", sagte der Angler. „Aber lass uns in unserer kleinen Hütte weiter sprechen." Er holte einen Schlüssel hervor und öffnete die Tür.

Lucy erschrak, als sie über die Schultern des Anglers sah: Wieder stand ein Bett in der linken Ecke der gegenüberliegenden Wand und nochmals war ein kleines Fenster darüber zu sehen. Vor dem Fenster war das mit Algen überzogene Wasserrad.

Auf dem Boden war eine bräunliche Decke mit bunten

Sitzkissen ausgebreitet, die eine Art Sitzkreis bildeten. Auf ihrer Mitte stand ein hölzerner, mit Würfeln gefüllter Becher. An der linken Hauswand war ein kleiner Kamin aus Stein angebracht, über dessen Feuerstelle ein rostiger Kochtopf hing. Über dem Kamin wurden verschiedene Angeln und Messer an der Wand befestigt. Links neben dem Kamin stand eine kleine Küchenzeile, auf der ein paar Gläser Honig und Weinflaschen platziert waren.

An der rechten Wand hingen einige Gemälde mit verschiedensten Motiven, die von goldenen Bilderrahmen getragen wurden. In der Ecke hing eine schlafende Fledermaus an einem hölzernen Gerüst herunter. Ihr Körper wirkte recht zierlich, jedoch stachen ihre großen Zähne umso mehr hervor.

Lucy hielt ein paar Meter Abstand von ihr, um sie nicht aufzuwecken, während sie die Gemälde an der Wand betrachtete: Es waren einige bekannte Gesichter darauf zu erkennen. Die Bilder wurden eindeutig mit Wasserfarbe angefertigt: Auf einem war der Reisende zu sehen, wie er mit seinem Stock ausgerüstet vor einer Kirche ohne Dach stand. Auf einem anderen sah man den Farbensammler, wie er vor seiner Arbeitsplatte mit einem Mörser neue Farben mischte.

Lucy sah zum Angler: „Hast du diese Bilder alle selbst gemalt?"

„Nein, die Bilder hingen schon immer hier.", antwortete er. „Merkwürdig", murmelte Lucy für den Angler unverständlich und setzte sich im Schneidersitz auf ein Kissen. „Kennst du denn die Personen, die auf den Gemälden zu sehen sind?", fragte sie.

Der Angler schüttelte den Kopf. „Ist auch gar nicht so wichtig", sagte er leise und stellte seinen Eimer auf die Küchenzeile. Er griff in eine Schublade, holte einen Zettel mit einem Stift hervor und begann zu schreiben. „Aber vielleicht kann dir mein Freund mehr dazu sagen; auch er ist sehr fasziniert von den Gemälden, die in den Hütten dieser Welt hängen."

Er steckte den Zettel in einen Briefumschlag, lief zur Fledermaus und band ihn mit einem Faden an ihre Krallen. „Sie wird schon aufwachen, wenn die Zeit reif ist", murmelte er. „Ich will hoffen, dass mit Fischsuppe jeder einverstanden ist", fügte er hinzu, lief zur Küchenzeile, nahm ein kleines Messer von der Wand und machte sich ans Werk. Der erste Mensch und der Weinhändler gesellten sich zu Lucy in den Kreis.

Der Weinhändler verdrehte die Augen. „Der Hunger wird's schon rein treiben", nörgelte er und nahm einen Schluck Wein.

Lucy verpasste ihm einen leichten Schlag auf den Arm und riss die Flasche aus seinen Händen. „Wir danken dir sehr für deine Dienste", sprach sie zum Angler.

IV

„Also, wo waren wir?", fragte Lucy und sah zum ersten Menschen. „Wie kamt ihr beide zum unterrichten? Du hast mir bisher nur von deiner ersten Reise ins Gebirge erzählt."

Der Angler drehte sich zum ersten Menschen: „Du hast ihr nichts gesagt? Dann rate ich allerdings, die ganze Geschichte zu erzählen! Möchtest du deiner Gefährtin nicht berichten, was nach deiner ersten Wanderschaft geschah?"

Der erste Mensch rümpfte die Nase. „Wie soll ich euch bitte die ganze Geschichte erzählen? So vieles ist geschehen!"

„Irgendwo musst du ja anfangen", sagte Lucy.

Der erste Mensch zögerte, bis er sprach: „Ich wollte den Menschen im Dorf von meinen Formeln des Flusses berichten, also kehrte ich nach meiner Reise zum Fischer zurück, der sich mittlerweile ein wenig von seiner Krankheit erholt hatte. Zusammen mit seiner Schwester hatte er sich in einem kleinen Zimmer über einem Archiv niedergelassen und wartete dort auf mich.

In diesem Archiv trafen sich regelmäßig Professoren und Doktoren aus den unterschiedlichsten Bereichen, um ihr Wissen über die bisherige Welt zu erweitern.

Man könnte sie als sie als Philosophen, Künstler, Mythologen, Theologen, Historiker, Mathematiker, Physiker, Biologen oder sogar Chemiker bezeichnen.

Trotz seiner Krankheit arbeitete der Fischer Tag und Nacht, um sich auf seine Reise vorzubereiten.

Er war geplagt von Kopfschmerzen, Übelkeit und Schwindelanfällen. Ich vermute mal, dass der Wahnsinn des Waldes ihn nie wirklich losließ. Vielleicht war es auch eine Krankheit, die er von seinem Vater erbte."

Er sah zum Weinhändler und klopfte ihm auf die Schulter. „Unser Freund hier versorgte den Fischer zu dieser Zeit mit griechischem Wein, während er sich eifrig durch alte Schriften las und mit den Besuchern diskutierte.

Ich erzählte diesen Leuten im Archiv von meinen Erfahrungen im Gebirge und ihre Reaktion glich einer Massenpanik. Auch der Fischer wollte nichts davon wissen. Sie alle hatten vermutet, dass die Theorie des Gottes hinter den Bergen nicht vollkommen schlüssig wäre; ich zerstörte sie allerdings in ihren Augen vollkommen. So schön sich meine Formeln des Flusses auch anhören mögen und wie viele Entwicklungen sie auch immer umfassen: In den Augen des Fischers waren sie nicht vollständig; es fehlte das *Ziel.*"

„Zurecht!", warf der Weinhändler grimmig ein und sah zum ersten Menschen. „Eine Entwicklung ohne Ziel ist nicht mehr als eine simple Veränderung; es fehlt der *Fortschritt.* Oder sind wir Lebewesen dies in deinen Augen? Nichts weiter als ein Opfer unserer eigenen Umstände und Einflüsse, deren einzige Aufgabe es ist, sich ihnen anzupassen? Und zusätzlich jeder Organismus, ganz gleich wie er geschaffen ist, *bloß gelebt wird*, aber nicht lebt? Wie erbärmlich!"

Der erste Mensch schüttelte den Kopf, sah zum Weinhändler und sprach: „Ich muss dich leider enttäuschen, denn du weißt, ich bin Wissenschaftler. Meine Aufgabe liegt in der vernünftigen Entschlüsselung der Welt und nicht in ihrer Verzauberung. Aus diesem Grund arbeitete der Fischer auch mit Malern und Dichtern im Archiv zusammen, nachdem wir ins Dorf zurückkehrten.

Wie auch immer; auch er wollte mir zu Beginn seiner Reise nicht glauben und mit eigenen Augen über den Rand der Welt blicken. Er fragte mich sogar zu meiner

Überraschung, ob ich ihn auf seiner Wanderschaft begleiten wolle."

Lucy unterbrach ihn. „Also stieg er nicht alleine hinauf?"

„Erst ab einem bestimmten Punkt", sagte der erste Mensch. „Du musst wissen, durch meine vorherige Wanderschaft lernte ich ein paar Ecken und Wege des Berges kennen; also brauchten wir nur drei Tage zur Spitze. Das letzte Stück wollte er allerdings selbst bewältigen. Er versprach mir, von seinen Eindrücken zu berichten.

„Und was sah er?", fragte Lucy. Der erste Mensch blickte zum Angler, der gerade dabei war, das Essen zu servieren. „Ich glaube das kann dir unser Gastgeber am besten erklären."

Der Angler setzte sich an den Tisch, nahm einen Löffel seiner Suppe und trank einen Schluck Wein, bevor er zu sprechen begann: „In den letzten Vorlesungen im Archiv, die ich besuchte, berichtete er von dünner Luft und glattem Eis. Hinter den Bergen lag ein schwarzes und gottloses Meer, unter einem rötlich schimmernden Himmel. Immer wieder sprach er von diesem Himmel. Dieser Kontrast, dieser Widerspruch; diese grausame Neutralität des Meeres und all-gütige Schönheit des Himmels war es, was ihn fast am meisten faszinierte."

„Und was faszinierte ihn am meisten?", fragte Lucy.

„Es war ein gigantisch großer Baum, der direkt an der Eintrittsstelle des Flusses seine Wurzeln schlug und dessen Krone hunderte Meter weit in den Himmel ragte. Seine Blätter schimmerten in den verschiedensten Farbtönen und seine Früchte waren so groß, dass man sie selbst von der spitze des Berges aus erkannte. Der Baumstamm schien sogar breiter als der Fluss selbst zu sein und der Fischer konnte sich nicht erklären, weshalb er nicht die Spalte im Gebirge schloss. Er vermutete schon dort, dass alles Wasser zuerst *durch ihn hindurch* fließen musste, bevor es in die Welt strömte. Der Fischer sah etwas übermenschliches; schon fast göttliches in seiner Pracht. Er wollte unbedingt auf seine Krone klettern und von den dicksten Früchten essen, nachdem er seine Wanderschaft im Gebirge beendet hatte."

Der erste Mensch unterbrach ihn: „Eins nach dem anderen, mein lieber Angler. Lass mich erst erzählen, was bei unserem Abstieg geschah: Ich wartete vor einer Höhle auf den Fischer und sah, wie er von der Spitze herunter kletterte, mich voller Euphorie erblickte und zu tanzen begann. Er zitterte mit den Händen, während er auf dem Geröll des Berges von einem Stein zum nächsten sprang. Seine Haut war von der Sonne verbrannt; es hatten sich bereits blasen auf seiner Stirn gebildet. Sein Bart war jedoch mit Eis bedeckt. Das Wetter dort oben war wohl nicht gerade hilfreich für seine Gesundheit, auch wenn er später immer wieder betonte, dass er sich nirgendwo gesunder fühlte, als an diesem Ort. Man bemerkt eben seine Verbrennungen erst wenn es zu spät ist, während man in kalten Umgebungen tanzt.

Still schweigend zeigte er nach einiger Zeit in Richtung des Baumes und lief den Berg hinab. Ich folgte ihm. Durch seine Erkenntnisse auf den Bergen hatte er Blut geleckt; er wollte wissen, weshalb uns niemand von dem Baum erzählte, bevor wir ins Gebirge liefen." Er sah zu Lucy. „Also kehrten wir zusammen zum Dorf zurück, um der Sache auf den Grund zu gehen. Wir mussten allerdings nicht lange nach einer Antwort suchen: Die Männer aus den Gotteshäusern warteten bereits auf uns. Es hatte sich herumgesprochen, dass wir es gewagt hatten, über den Rand der Welt zu blicken. Sie wollten nicht zulassen, dass sich unsere Erkenntnisse herumsprachen. Also versammelten sie sich vor der Pforte des Dorfes, um uns den Zugang zu verwehren. Es hatten sich bereits Gerüchte in der ganzen Welt verbreitet, dass hinter den Bergen kein Paradies liegt, von dem die Männer Gottes predigten.

Sie befürchteten das schlimmste. Die Bauern waren damals abhängig von den Geistigen, sowohl geistig, als auch körperlich."

„Körperlich?", fragte Lucy. „Wie meinst du das?"

Der Angler sprach weiter: „Einst kontrollierten die Männer Gottes den gesamten Markt an Lebensmitteln. Das Dorf war ziemlich arm, also bekamen die Bauern etwas Brot und Wein von den Gotteshäusern, wenn sie versprachen, jeden Sonntag ihrer Predigt beizustehen."

„Aber wieso aßen sie nicht von den Früchten des Baumes? Wenn er wirklich so groß ist, müssten doch genug für alle an seinen Ästen hängen", unterbrach ihn Lucy.

Der Angler grinste mit traurigem Blick. „Wohl wahr. Das wussten auch die Männer Gottes." Er sah zum ersten Menschen. „Sag uns; was habt ihr in dem Baum gefunden?"

Der erste Mensch verschränkte die Arme und schüttelte den Kopf. „Der Fischer und ich kehrten an der Pforte des Dorfes um und liefen zurück ins Gebirge, um den Baum zu untersuchen. Als wir jedoch auf seine Äste kletterten, um Früchte für die Menschen im Dorf zu sammeln, erweckten wir *sie*. Oder sollte ich lieber *'Ihn'* sagen?"

„Von wem oder was sprichst du?", fragte Lucy.

Der erste Mensch erschauderte. „Ich werde niemals den Moment vergessen, als wir ihre leuchtenden Augen zum ersten mal in der Dunkelheit des Geästs erblickten: Es kroch eine riesige Schlange auf uns zu und wahrlich; durch ihre gepanzerten Schuppen auf der Haut war sie mehr Drache, als Schlange. Selbst die dicksten Äste verbogen sich durch ihren massigen Körper. Ich kletterte so schnell ich konnte von dem Baum herunter, der Fischer blieb jedoch still sitzen und betrachtete die Schlange. Dieser Irre begann mit ihr zu sprechen und fragte sie allen Ernstes, wo sie herkäme." Er sah zum Angler. „Mit großer Wahrscheinlichkeit hat er auch davon berichtet, stimmt's?"

Der Angler nickte und blickte in sein Notizbuch, während er sprach:

„Ihre Aufgabe als Wächterin der Äpfel schien eindeutig: Vergifte und verschlinge jeden Sünder, der versucht, an die dicksten Früchte zu gelangen! Langsam schlängelte sie um den Fischer herum.

Er fragte sie voller Schmeichelei, wie es denn sein könnte, dass solch ein atemberaubendes Tier sein Leben in einem Baum verbringen müsste. Daraufhin begann die Schlange fürchterlich zu weinen. Eigentlich sei sie ein unsterblicher Schatten mit vielen Namen und

Gestalten, so sagte er, dessen Verlangen ihn hinaus in die Welten zerrte. Die Männer Gottes banden ihn jedoch an den Körper einer Schlange verfluchten sie, bis ans Ende aller Zeitalter in der Baumkrone zu verrotten.

Er hasste seine Aufgabe zutiefst, denn eigentlich wollte er niemanden verschlingen, der die dicksten Äpfel begehrte. Ganz im Gegenteil; lieber wollte er selbst die Äpfel unter den Menschen verteilen.

Der Fischer glitt mit seiner zittrigen Hand über den Schlangenkörper und bemerkte, dass ihre Schuppen auf der Haut an einigen stellen zu splittern begann. Er fragte den Schatten, ob sich sein Schlangenkörper schon einmal gehäutet hatte, was er traurig verneinte. Noch nie war so etwas seit seiner Verbannung vorgefallen.

Also machte der Fischer ihm ein Angebot. Er vermutete, dass es ohnehin eine Frage der Zeit wäre, bis sich seine Haut von seinem Körper löste und sie dem entsprechend von seiner Aufgabe erlöst sein würde: Er bot ihm an, einen Dolch zu schmieden, um vorzeitig ihre Haut von ihrem Körper zu trennen und sie auf diese Weise zu befreien. Als Gegenleistung verlangte er nur einige Äpfel, die dick genug waren, um die Menschen im Dorf von der Existenz des

Baumes zu überzeugen."

Lucy unterbrach den Angler: „Wie konnte es denn sein, dass sich die Schlange genau zu diesem Zeitpunkt zu häuten begann?"

Der Angler zeigte auf den ersten Menschen, während er zu Lucy sprach: „Du weißt warum. Es war die Reise des ersten Menschen, welche den Einfluss der Männer Gottes schwächte. Der Fischer wollte die Verwandlung des Schattens allerdings beschleunigen, um ihn auf diese Weise besser kontrollieren zu können.

Also kehrten sie zurück und schlugen an einem abgelegenen Ort direkt hinter dem Dorf ihr Lager auf. Von dort aus warfen sie regelmäßig Äpfel über den Pfahlzaun, bis sie keine mehr übrig hatten. Der Fischer vermutete, dass dies sogar schon ausreichen könnte, um das Dorf in Aufruhr zu versetzen. Und tatsächlich: Nach einigen Tagen kam ein junger Dichter in ihr Lager, der fragte, wo sie die Äpfel gesammelt hatten. Sie berichteten ihm von dem Baum und der Schlange. Voller Euphorie wies er sie an, sich nicht von der Stelle zu bewegen, bis er sie abholte und ins Dorf schmuggelte, damit der Fischer seine Formel des Wachstums verbreiten konnte."

„Und was sagte er genau?", fragte Lucy erwartungsvoll.

Der erste Mensch blickte zum Angler, welcher bereits in seinem Notizbuch nach seiner Aufzeichnung blätterte. „Noch heute träume ich von diesem Moment. Er beschrieb seine Reise wie folgt:

'Lieber wollte ich am Abgrund auf Glatteis tanzen, als am Boden in einer Wüste zu schlafen. Die Menschen müssen es erfahren: Ich suchte einen Gott hinter den Bergen, doch gefunden habe ich mich selbst. Ich suchte mich selbst in dieser Welt, doch gefunden habe ich einen Gott: sie ist eine Insel, die in den unendlichen Weiten des Meeres schwimmt. Sie wird für uns immer der Mittelpunkt von allem sein, was geschieht; jedoch gibt es nur den Augen-blick! Das Land in unseren Welten ist von Bergen begrenzt, doch das Wasser fließt unendlich weiter und durch sie hindurch. Es wird sich also in der Unendlichkeit der Zeit immer wieder auf gleiche Weise formen; sodass wir keine andere Wahl haben, als stets zurückzukehren, in unsere *exakt* gleiche Welt in unserem Kopf. Also ist es an der Zeit, dass die Menschen es erkennen und ihre Gedanken an den Nebenflüssen siedeln lassen, als müssten sie bis in alle Ewigkeit, von Augenblick zu Augenblick; immer wieder von Neuem von ihnen leben! Das künstlerische Licht der Morgenröte, die Gezeiten des Meeres und die schöpferische Kraft des Baumes sollen die Grundlage meiner Formel werden: Sie soll für einen Neubeginn stehen, eine seelische Entwicklung, eine neue Epoche, eine neue Zeitrechnung, *ein neuer Mensch;* mit neuen Vorstellungen und erfrischter Urteilskraft, die uns dazu bringen soll, immer wieder ins Land der Widersprüche zurückzukehren, die Notwendigkeiten des Flusses zu erkennen und stets ein entschlossenes 'ja, ich will es so!' hinaus zu brüllen! Doch wir müssen uns in Acht nehmen: Die Schlange hat bereits begonnen, ihre Haut von sich zu werfen und wenn wir nicht so schnell wie möglich lernen, diesen Schatten unter Kontrolle zu bringen, so werden wir ihm schutzlos ausgeliefert sein!

Wenn wir auch dies geschafft haben, so können wir beginnen – *zu wachsen.*"

Der Dichter

I

Der Weinhändler brach in Tränen aus und sein leidenschaftliches Lachen erfüllte den Raum, dicht gefolgt von einem Aufschrei der Fledermaus, die in der Ecke der Hütte erwachte und aus dem Fenster flog. Auch das Wasserrad drehte sich nun, wenn auch nur sehr langsam.

Plötzlich erfüllte ein Donnerschlag den Raum und der erste Mensch zuckte erschrocken zusammen. Ein großer Schatten zog über die Hütte, sodass die Gesichter der Gefährten fast ausschließlich von Kerzenlicht beleuchtet wurden. War es bereits Nacht? Lucy erschauderte, blieb allerdings gelassen. Vielleicht war es das Essen des Anglers, die Wände der Hütte oder die Wärme des Kamins; irgendetwas gab ihr ein Gefühl von Ruhe und Sicherheit. Sie nahm den mit Würfeln gefüllten Becher in die Hand.

„Und war er auch erfolgreich?", fragte sie, während sie ihn schüttelte, die Würfel auf der Decke verteilte, sie wieder einsammelte und den Vorgang einige male wiederholte.

„Was meinst du damit?", entgegnete der Angler.

„Na, hat der Fischer es geschafft, den Schatten zu

kontrollieren?"

Er schüttelte den Kopf und betrachtete ein Honigglas. „Er hat durch den Versuch sowohl seine Befreiung beschleunigt, als auch ein Gegenmittel entworfen. So vieles ist schief gelaufen. Die Frage der Verantwortlichkeit für die Taten seiner grausamsten Schüler ist auch mein ewiger Begleiter."

Lucy nickte enttäuscht und sah zum ersten Menschen. „Ach ja, eine weitere Sache geht mir auch nicht mehr aus dem Kopf: Was sagte der Fischer noch gleich? *Unsere* exakt gleiche Welt *in unserem Kopf,* in die wir stets zurück kehren? Von wie vielen Welten sprach der Fischer denn?" Ihre Hände begannen zu zittern.

„Natürlich von jeder Welt", antwortete eine männliche Stimme von draußen. „Jeder Mensch hat solch eine Welt, kleine Lucy, und keine gleicht der anderen! Hast du etwa gedacht, dass wir alle unseren Ursprung in dieser Welt hätten?" Es klopfte an der Tür.

„Das kann doch jetzt nicht wahr sein!", brüllte Lucy, verdrehte die Augen und sprang auf. „Nein, nein und nochmals nein! Ich habe genug Leute kennen gelernt, die meine Fragen beantworten können! Wer auch immer vor dieser Hütte steht, wird mit Sicherheit noch mehr aufwerfen. Das kann ich nicht zulassen!" Sie lehnte sich an die Tür und sah vorwurfsvoll in den

Sitzkreis. „Ihr wisst ganz genau, weshalb sich so vieles in dieser Welt wiederholt, nicht wahr? ES IST DOCH SO, ODER NICHT? Egal ob Natur, Mensch oder Hütte; alles scheint etwas gemeinsam zu haben. Natürlich! Könnte es der Mittelpunkt sein, von dem der Fischer sprach? Wenn jeder Mensch seine eigene Welt hat, muss er es auch sein, der alle Dinge miteinander verbindet und seine Welt zu dem macht, was sie ist! Aber wenn dies hier meine Welt sein soll und sich alles mit mir verbindet....macht euch das nicht zu einem Teil von mir? Und wenn ihr so vieles über die Welt des Fischers, seiner Lehre und dessen Auswirkung wisst...bedeutet das nicht, dass ihr zwischen den Welten wandern könnt?"

Die drei Männer auf den Sitzkissen zuckten zusammen und griffen alle nach der letzten Flasche Wein.

Der Angler schnappte sie zuerst, trank einen Schluck und sprach: „Du kannst die Tür jetzt öffnen. Es ist soweit."

Lucy verschränkte die Arme. „Nein, das werde ich nicht tun, ehe mir einer von euch eine klare Antwort geben kann! ", zischte sie. „Alles muss ich euch aus der Nase ziehen. REDET: WER SEID IHR WIRKLICH? Wieso habe ich das Gefühl, dass mir hier niemand auch nur eine klare Antwort geben *will*?"

„Wo wäre denn da der Spaß?", sagte die Stimme von draußen.

„SCHWEIG!", schrie Lucy und schlug gegen die Tür. „Wenn du mir nicht helfen kannst, darfst du direkt wieder verschwinden! Es ist sowieso schon viel zu voll in dieser Hütte." Die Stimme begann zu lachen. „Dann komm doch hinaus zu mir, vielleicht hast du ja Glück und ich sage dir alles, was du hören möchtest!"

Der erste Mensch kniff seine Augen zusammen, während er am Wein nippte. „Ich kenne diese Stimme", murmelte er leise. „Es ist die Stimme eines Lügners; ein Prediger des Wortes!", rief er hinaus.

Plötzlich begann etwas mit einem lauten Fauchen an der Tür zu kratzen. Lucy schreckte zurück. Hatte der Mann da draußen etwa ein Raubtier dabei?

„Halt den Mund, alter Mann!", rief die Stimme durch die Tür. „In den Ohren eines Wissenschaftlers klingt doch die halbe Welt nach einer Lüge! Kein Wunder, dass das Mädchen genug von dir hat. Ihr fehlt es an frischer Luft und Freiheit von deinen stickigen 'Wahrheiten'!" Der Weinhändler klatschte vor Freude in die Hände.

„Nimm dich vor diesem Mann in Acht!", sprach der erste Mensch zu Lucy. „Zu gerne möchte er ein

Zauberer sein, dabei ist er nur ein Scharlatan!"

Der Angler nahm noch einen Löffel seiner Suppe und schüttelte den Kopf. „Der Mann da draußen hat recht. Vielleicht brauchen wir nun wirklich einen Dichter." Er sah zu Lucy. „Wir werden hier auf dich warten. Geh hinaus und lauf ein Stück mit dem Mann durch den Mondschein. Vielleicht kann er dir wirklich helfen.

Geschockt sah der erste Mensch zum Angler und stand auf. „Ich werde sie begleiten! Wir können die zwei doch nicht alleine lassen! Wer weiß, wovon er ihr erzählen wird?"

Der Angler hielt ihn zurück. „Lass sie gehen! Sie wird schon nicht für immer fort sein."

Mit traurigen Blick setzte sich der erste Mensch auf sein Kissen zurück. „Wie kannst du dir da so sicher sein?", fragte er, während Lucy die Tür öffnete. „Warte!", rief er ihr verzweifelt hinterher. „Bevor du hinaus gehst, möchte ich dir ein Geschenk machen." Er zog seinen grünen Ring vom Finger. „Er soll dich stets an meine Formeln des Flusses erinnern! Auch wenn alles Wasser ist, vergiss bitte nicht: Bist du auf der Suche nach dir selbst, so nehme stets einen Umweg über die Wissenschaft!"

Lucy zögerte, doch nahm den Ring an sich und zog ihn

über ihren linken Ringfinger. Sie lächelte, bedankte sich und lief zur Tür.

„Warte!", rief nun auch der Angler hinterher. Er lief zur Küchenzeile und nahm ein kleines Glas, das mit Honig gefüllt war, um es Lucy ebenfalls mit auf den Weg zu geben. Er zwinkerte ihr zu. „Du wirst ihn bestimmt bald brauchen", sagte er.

Lucy bedankte sich auch beim Angler, während sie das Glas in ihren Rucksack verstaute und vor die Tür ging.

Ihr Atem stockte: Das Gesicht des Dichters war dem Gesicht des Reisenden zum verwechseln ähnlich. Auch sein Gehstock glich dem des Reisenden. Sie konnte ihn nur vage durch das sanfte Licht seiner Fackel erkennen, wie er in dunkler Nacht stand und sie belächelte. Lucy war sich allerdings sicher, dass er es nicht sein konnte. Er schien viel jünger zu sein; schon fast jugendlich. Er trug einen dunklen Mantel aus Seide und seine schwarzen Handschuhe und Stiefel waren von glänzendem Leder überzogen. Um seinen Hals hing eine Taschenuhr, die aber allen Anschein nach keine Zeiger mehr hatte. Auf seinem Kopf trug er einen schwarzen, spitzen Hut, der von einer Rose verziert war. Neben ihm stand eine riesige, schwarze Katze, die Lucy mit rot leuchtenden Augen ansah. Um ihren Hals war ein Tuch gewickelt, welches den gleichen Farbton wie die Rose hatte.

„Hab keine Angst vor meiner Gefährtin, ich habe sie gezähmt", sagte der Mann und streichelte den Kopf der Katze, der bis zu seiner Hüfte reichte. „Nun ist sie meine treuste Freundin, Begleiterin und Beraterin."

„Beraterin?", fragte Lucy mit schüchterner Stimme. Trotz des jugendlichen Erscheinens des Mannes fühlte sie sich in seiner Gegenwart wie ein Kleinkind.

Er nickte. „Ihr Fauchen sagt manchmal mehr als tausend Bilder." Er und strich ihr nochmals über den Kopf. „Du kannst näher kommen. Ich glaube, sie mag dich."

„Da bin ich mir nicht so sicher", zögerte Lucy. „Die Kratzspuren auf der Hütte zeigen das Gegenteil."

„Es war der erste Mensch, der sie zum Fauchen brachte", sagte der Dichter. „Vermutlich hasst sie ihn.

„Ich verstehe", sagte Lucy und lief auf die übergroße Katze zu, welche zu Schnurren begann. „Darf ich fragen, wieso du hier her kamst?", fragte sie, ohne den Blick zu heben.

„Ich wollte auf meiner Durchreise die drei Angler besuchen. Es ist ein weiter Weg bis ins Dorf und ich denke nicht, dass ich vor meiner Ankunft die Gelegenheit haben werde, zu speisen. Sind sie zufällig hier?" Er schaute über Lucys Schulter in die Hütte.

Sie schüttelte nervös den Kopf.

Wie würde er nur reagieren? „Leider sind heute zwei der Angler in den Fluss gefallen", sagte sie. „Nur noch einer ist übrig. Er hat uns bekocht."

Zu ihrer Überraschung begann der Mann zu kichern. „Es war nur eine Frage der Zeit. Die beiden konnten sich noch nie ausstehen."

Lucy stutzte. „Woher weißt du denn, welche Angler ich meine?"

„Ich weiß, welchen du nicht meinst", antwortete der Mann. „Ich hörte davon, dass er die Weisheit gern aus seiner Suppe löffelt. Dennoch hatte er das Ziel, auf bescheidene Weise klug zu werden. Dies ist eine Gabe, die ich bisher in wenigen Menschen fand", fügte er hinzu.

„Das kann ich wohl nicht von mir behaupten. Gerade eben habe ich ja erst erfahren, dass jeder Mensch eine eigene Welt hat. So viele Ideen und Formeln haben sich wie Schleier über meine Gedanken gelegt und leider weiß ich nicht mehr, was an diesem Ort übrig bleibt, das ich 'Ich' nennen könnte. Liegt denn wenigstens das Dorf, das du bereisen möchtest, in dieser Welt?"

„Davon kannst du wohl ausgehen", antwortete der

Mann. „Weißt du, Lucy, nur weil es so viele unterschiedliche Welten gibt, heißt es nicht, dass sie nichts gemeinsam haben."

„Und was ist mit den Personen an diesem Ort?", fragte sie. „Ich lernte bereits einen Mann Gottes, die Mediziner, den Farbensammler, den Weinhändler, den ersten Menschen und die drei Angler kennen.."

„Die 'Personen' aus dieser Welt, von denen du sprichst, sind nur Sammlungen von Gedanken, die durch die Welten reisen. Es ist zudem recht unwahrscheinlich, dass sie noch die gleichen sind, wenn sie erst einmal andere Welten betreten haben."

„Und wann betreten sie andere Welten?", fragte Lucy.

„Sobald jemand anderes von ihnen erfährt", antwortete der Mann. „So wie du andere Welten betreten wirst, wenn ich bald im Dorf von dir berichte. So werden wir alle Weltenwandler und Früchte eines Geistes!

An der Schwelle zwischen Meer und Land wird auf ewig unser Zuhause bleiben, und dorthin werde ich reisen."

II

„Aber nun genug davon", sagte der Mann, drehte sich um und lief los. Mit leichten Schritten tänzelte er über die Wiese und für einen kurzen Moment sah es so aus, als würde er Schweben. Seine Füße hinterließen jedenfalls, seiner Katze gleich, kaum Spuren im Gras, während sie gemeinsam in den Umhang der nächtlichen Dunkelheit wanderten. Es war nur ein leises Rauschen des Flusses zu hören, der mit sanfter Strömung hinter ihnen vorbei zog.

Der Dichter nahm seinen Mantel und legte ihn um Lucys Schultern. „Ich habe eine Idee", sprach er. „Wenn wir ein Stück über Feld und Wiese laufen, können wir ein wenig dichten. Was hältst du davon?"

Lucy schmunzelte. „Habe ich denn eine Wahl?", fragte sie.

Der Dichter grübelte. „Vermutlich nicht. Immerhin bin ich zu dir gestoßen", sagte er. „Na dann los:

Lucys Reise

Dichter:

"Bevor wir nun zusammen an der Wissenschaft zerbrechen, so möchte
ich zum Troste nur in Reimen weiter sprechen:

Und ist es nicht die schönste Sprach', die tanzt auf leichtem Fuß,
fast schwebend schon, durch Nacht und Tag, und Bilderrätsel schuf?
Ist sie uns erst mal einverleibt; so lässt sich mit ihr schöpfen,
Gedanken, Träume; kommen frei und werden Pforten öffnen!
Die Ufer dieses Landes: Heimat; Wissenschaft und Kunst,
sind Sprache des Verstandes und das Wort in unsrem' Mund:

das Wort; es ist die Brücke, es ist Bote, es ist Dichtung,
das Wort; es füllt die Lücke, zwischen Mensch und seiner Lichtung,
das Wort; es fließt verschwommen, ohne Standpunkt,ohne Richtung,
das Wort; es ist gewonnen, bei der aller kleinsten Sichtung,
das Wort; ein Geist, der Seele Form, des Willens stärkstes Schwert,
das Wort; es braucht geschärftes Ohr, das seinen Sinn erfährt,
das Wort; es ist der Ruf der Zeit, verzögert und verfärbt,
das Wort; es bringt Vergangenheit, in Gegenwart verehrt.

Ich kann dir gleich berichten; von mein' allzu großer Liebe;
muss von Dornen unterrichten, um die Blüten zu verdienen!

Lass uns zuvor nur weg von hier und neue Zeilen schreiben,
um morgen früh, auf unsrem' Schiff, zum Horizont zu reisen.

Mit losen Seilen an dem Mast, so sind wir dran gebunden,

wenn du den Fluss begriffen hast; so könn' wir ihn erkunden,

mit Händen an dem Steuerrad, der Wind ist unser Ruder,

wir lenken in den neuen Tag, stets zwischen beiden Ufern,

und keine Sorge um die Hütte, dafür gibt's Ersatz;

so wohnst du dann in der Kajüte; mir genügend Platz."

Lucy:

„Groß Dank an dich, für deinen Trost, vielleicht lässt er mich hoffen,

ich nehm' es an, dein Angebot, zusamm' dem Fluss zu trotzen,

bevor du jedoch Segel setzt und unsre' Flagge hisst,

musst du mir was von dir erzähl'n und sagen, wer du bist,

ich fürchte, dass wir ins schon kenn', vertraut scheint dein Gesicht,

doch deine Sprache, Stimm' und Klang, erkenne ich wohl nicht.

Warst du nicht einst ein Reisender, der diese Welt erkundet?

Du hast sogar sein' Stock dabei, hast du ihn wohl gefunden?"

Dichter:

„Welch Ironie, solch Fragerei, so komm ich doch aus dir;

wenn du nicht wüsst', welch Mensch ich sei, dann wäre ich nicht hier.

Erinnerst du dich nicht mehr an die Frage aller Fragen?"

Lucy:

"Oh doch, oh doch, ich kenn' sie noch; das kann ich dir wohl sagen!

Wie kommt es denn, dass *du* sie kennst, hast du mich wohl belauscht?"

Dichter:

"Ach Lucy Kind, bemerkst du's nicht; du kennst mich doch genau!

Hältst du's noch für Geheimnis, ach, vielleicht stimmt es dich froh:

Dies' Welt; sie ist dein Gleichnis, und wir all' gehör'n dazu.

Durch Griff am Dolch des Fischers überschnitten sich die Welten,

zum Teil sind's seine Menschen, die sich hier zu dir gesellten.

Das Gift jedoch, macht rasend blind; es ist nicht zu gebrauchen,

so wär' es klug, ihn ganz geschwind, in Honig einzutauchen!"

Lucy:

„Wenn es unsre Menschen sind, die ziehn' durch mein' Verstand,

betrat ich durch die Aufgabe nicht gleichzeitig *sein Land* ?

Ein Teil von ihm, viel Teil von mir; verknotet sind die Zeilen,

die sich in mir versammelten und meinen Weg beschreiten,

denn steht's so nicht mit jedem Ding, das uns im Geist begleitet?

Wie es in unsrer Hütte sitzt und unsre Welt erweitert?

Ich suchte Körper, Geist, Gesicht; ich werd' es wohl nicht finden,

die Mauer zwischen Du und Ich wird niemals ganz verschwinden."

Dichter:

„In *jeder* Welt ein stolzer Baum, in *jeder* Welt Gedichte,

so wandeln alle wie im Traum und nennen es Geschichte,

durch ihre schweren Adern fließt Jahrtausend' altes Werden,

das Wasser aus dem Meere wird die Frucht für uns vererben,

so manche Säfte kostbar, so manche Knospen blühend,

was im Winter mal aus Frost war, wird im Sommer wieder grün!"

Lucys Reise

Lucy:

„Mein Heut verschlang mein Gestern, auch mein Jetzt verschwindet nun,

es tönt hier ein Orchester und ich hör den Klängen zu,

ein Ton spricht mehr als tausend Wort', in jedem Augenblick,

alles verreist an diesem Ort und kehrt zu mir zurück:

Wir sind Feuer, das sich selbst verbrennt;

das Wasser, das sich selbst ertränkt;

Gedanke, der sich selber denkt;

ein Auge, das sich selbst erkennt;

ein Jäger, der sich selber fängt;

ein Schenker, der sich selbst beschenkt;

die Grenze, die sich selbst beschränkt

der Anfang, der stets neu anfängt.

Die Ankunft, die sich selbst erwartet;

die Zeit, die stets von neuem startet;

ein Götze, der sich selbst verehrt;

ein Kreis, der in sich wiederkehrt.

Ist dies des Rätsels Lösungsweg, hinweg von dieser Furcht:

Geschehen und Ideen existier'n *durch uns hindurch* ?

Des ersten Menschen Lehre war der Vater meiner Zweifel,

er rief den Geist der Schwere und lang hielt er mich als Geisel,

Doch nun ein guter Denkanstoß, ein trübes Wort der Klarheit!

Wie niedrig wirkt von nun an bloß des ersten Menschen 'Wahrheit'!"

Dichter:

„Nimm dich in Acht, verlier' dich nicht, er hat dich kaum belogen;

welchen Einfluss hat der Pfeil wohl auf die Kräfte seines Bogens?

So schoss man ihn ins Leere, ohne Scheibe, ohne Ziel,

vielleicht lernt er kurz zu schweben und erkennt das große Spiel?"

Lucy:

„Wie soll er es erkennen; leider hat er keinen Kopf,

kein Bewusstsein und kein Denken gibt's im festgestellten Stoff,

wie soll Eisen, Holz und Feder nur der Kraft des Bogens trotzen?"

Dichter:

„Wohl wahr, das weiß wohl jeder, doch es gibt für dich noch Hoffnung!

Denn du bist *nicht* dem Pfeile gleich; du *weißt*, was dir geschieht,

gib Acht, was deine Zeilen schreibt und sei, was sich ergibt,

um welchen Zeitpunkt es sich handelt, ob im Frieden oder Krieg,

die Gemälde sind versammelt; dies Welt ist ein Mosaik,

wir werden Segel setzen; nehmen Einfluss auf den Ein-Fluss,

wenn wir Grammatikregeln schätzen, kommt's vielleicht zum
Schreibfluss:

Und Lucy, es ist klar, nichts muss uns nunmehr verbinden;

noch vor dem Licht des nächsten Tag', werden wir uns überwinden."

Lucy:

"Was soll das bitte heißen, willst du mich denn schon verlassen?"

Dichter:

"Natürlich nicht, nur wirst du bald ein neues 'Ich' verfassen."

Lucy:

„Die größte Last des Künstlers ist das Erbe seiner Werke,

wenn seine Tinte trocknet und sie ihn verfolgen werden.

Was einmal zu Papier gebracht, lässt sich nicht korrigieren,

Mir kommt ständig der Verdacht; viel hab ich zu verlieren!"

Dichter:

„Papier, auf das viel' Worte steh'n, kennt lang noch nicht das Leben,

nicht gleich dir, du wirst es seh'n, das Wort schenkt dir das Streben:

Erzähl es uns; wo willst du hin, wer willst du sein, mein Kind?

So treibe nun geschwind und sprich; womit willst du beginn'?"

III

Lucy stockte, blieb stehen und betrachtete den Mond, wie er langsam über den Himmel zog und sein Licht mit dem der Milchstraße verschmelzen ließ. Langsam wanderte er in Richtung der Berge und erste Sonnenstrahlen des neuen Tages verzierten den Himmel, sodass er sich rötlich verfärbte und den Tau auf der Wiese zum funkeln brachte. Das Mädchen legte sich mit dem Rücken ins feuchte Gras und begann zu lächeln, während sie das Glitzern der letzten Sterne beobachtete und zum Dichter sprach:

Lucy:

"Nichts will ich erst machen; außer liegen und entspannen,
sag mir; ist es nicht zum Lachen, dass wir ständig was verlangen?
Ich suchte eine Antwort, doch ich fand nur tausend Fragen,
verlor fast den Verstand, obwohl ich jemanden einst warnte:
die Fässer sind geöffnet; bin dem Farbensammler dienend,
bist du denn auch erschöpft nun, von den Aufgaben und Zielen?"

Dichter:

"Oh ja, das kannst du laut sagen, nichts bleibt wohl, als Liebe!"

Lucy:

"Du wolltest doch von ihr erzähl'n, wen meintest du damit?"

Dichter:

"Dies Geschicht' ist ziemlich lang, wie sie mein Hut bestückt'."

Lucy:

"Dies schöne Rose gab sie dir? Hast du die Frau entzückt?"

Dichter:

"Sie nahm mir alles, was ich kannt', doch schenkte mir das Glück:
Wie Freiheit klingt's, so hör doch hin, wie's leise nach uns ruft:
Man wird es niemals finden, wenn man ständig danach sucht."

Lucy:

"Erzähl davon Gedankenkind, ich möchte es begreifen,
wie es in den Verstand versinkt und unsren' Hut bereichert'"

Dichter:

„So lass uns erst zum Schiff am Fluss, es wartet auf die Reise,
im Morgenrot, zum Himmels Kuss, um neuen Sinn zu preisen:
Nicht länger bist geblendet; neue Augen sind gewonnen,
deine Aufgabe beendet, doch das Schattenspiel -begonnen."

Der Dichter reichte Lucy nach einigen Minuten des Schweigens die Hand. Ohne zu zögern schlug sie ein und sie drehten sich gemeinsam um.

Und tatsächlich: Die Hütte stand nicht länger am Ufer, sondern auf dem Heck eines gewaltigen Schiffes, welches im Fluss schaukelte und auf ihre Ankunft zu warten schien. Sogar das Wasserrad war an der Steuerbordseite angebracht. Von weitem konnte Lucy erkennen, wie Reben mit roten und grünen Weintrauben die drei Masten umschlangen, die zum Teil von weißen Segeln bedeckt waren. Die Galionsfigur glich einem galoppierenden Schimmel.

Als Lucy das Deck mit dem Dichter und seiner Katze betrat, sackte das Schiff einige Meter hinab und das Mädchen befürchtete, dass sich der Lagerraum mit

Wasser füllen würde, wenn es noch tiefer sinke. Auf dem Deck waren einige leere Stühle aufgestellt.

Einer war jedoch besetzt; der Weinhändler schien dort schon auf sie zu warten. Er lachte, als er die beiden erblickte und sprach: „Ihr wärt doch wohl nicht ohne mich gefahren, oder?"

„Natürlich nicht!", antwortete Lucy. „Wo ist denn der Rest?"

„Die haben es bevorzugt, an Land zu bleiben; schließlich müssen sie im Gegensatz zu mir keinen Wein verkaufen."

„Haben sie dich denn wenigstens bezahlt?", fragte Lucy.

„Der Angler schon", antwortete der Weinhändler. „Der erste Mensch ist jedoch, kurz nachdem du gegangen bist, aus der Hütte gestürmt. Aber glaube mir, ich kenne diesen Mann, er wird euch niemals zur Ruhe kommen lassen."

Lucy zuckte mit den Schultern. „Naja, wir werden bestimmt neue Kunden für dich finden, immerhin ist hier noch genügend Platz. Bekanntlich fahren sich Schiffe mit mehr Matrosen auch leichter, hab ich recht?"

„Aye", sagte der Weinhändler und hielt sich eine Hand

vor das Auge.

Lucy blickte zum Dichter. „Wo geht's denn hier zur Kajüte? Wir haben die ganze Nacht geredet und langsam überfällt mich wirklich die Müdigkeit

Der Dichter schwieg, während er Lucy begleitete. Er hatte nicht gelogen: Auch hier stand ein Bett in der linken Ecke des Raumes. Nur das Fenster war rund geformt. An den Wänden hingen einige bunt bemalte Leinwände des Farbensammlers und Gemälde, die schon in der Hütte des Anglers zu sehen waren. In der Mitte des Raumes war ein Tisch mit einer Schachtel Zigaretten und einem bräunlichen Notizbuch darauf. Lucy betrachte die Vorderseite des Notizbuchs genauer. „Lucys Reise...", las sie leise vor und blickte zum Dichter. „Möchtest du etwa ein Buch über mich schreiben?"

„Es ist schon fast fertig", antwortete er. „Es fehlt nur noch das Nachwort."

Lucy holte ihr graues Notizbuch hervor. „Auch ich habe so ein ähnliches Buch am Anfang meiner Reise erhalten, jedoch schrieb ich nicht ein Wort hinein."

„Dann wird es nun wohl höchste Zeit", antwortete der Dichter.

„Das stimmt, ich werde direkt morgen beginnen!", sagte sie. „Nun möchte ich aber erst einmal etwas Schlaf nachholen. Es war eine sehr lange Nacht." Sie legte sich in das Bett und deckte sich zu. Die Katze des Dichters sprang hinterher und rollte sich am Fußende zusammen. „Möchtest du mir nun von deiner großen Liebe erzählen; so als Gute-Nacht-Geschichte?", fragte Lucy und lächelte.

„In Ordnung", sagte der Dichter, setzte sich an den Tisch und schlug das braune Notizbuch auf. „Ich werde sie auch direkt zu Papier bringen, falls es dich nicht stört."

Lucy betrachtete die geschmückten Wände, während der Dichter eine schwarze Feder und ein rotes Tintenfass aus seinem Mantel kramte und zu schreiben begann.

Nachwort des Dichters

I

„Im Straßenlicht, einst fand sie mich,

umringt von groß' Laternen,

so lag ich da, wie vor Gericht,

mit Blicken zu den Sternen.

Ich weinte sehr, ein Tränenmeer,

Gesicht in Hand vergraben,

sprach ich: 'die Aussicht ist so schwer,

wo sind nur all die Farben?

Das Straßenlicht ist giftig,

es verdeckt die weite Ferne,

lieber sehe man nun richtig,

als im falschen Licht zu sterben!'

Sie gab mir einen Hammer,

sollten wir es wirklich wagen?

Ihren hatte sie umklammert:

Lampen wollt sie nun zerschlagen.

So begannen wir zu schwingen,

Scherben schimmernd wie Kristall,

lachend, drehend, tanzend, singend,

als wären wir auf einem Ball.

Und siehe da; das Sternenlicht,

es schien in voller Pracht,

die Schönheit strahlt' uns ins Gesicht,

was haben wir gelacht?

Lucys Reise

Ich nahm sie mit nach Haus zu mir,
wir huschten wie Gespenster,
zum Bett im linken Eck platziert,
mit Blicken aus dem Fenster,
die Welt, sie zog an uns vorbei,
trotz festem Glas und Rahmen,
wir reisten still, ganz nah, zu zweit,
hinein zum nächsten Tage.
Was war nur die Vergangenheit?
ich spürte nie solch Wärme,
so schliefen wir zusammen ein,
welch Göttin meiner Sterne!

Nachdem wir damals aufgewacht'
mit Schlaf noch in den Augen,
hab ich sie mir zur Braut gemacht,
mit Sekt und weißen Tauben,
Entschlossen, stark, so stand ich auf;
lief schnell auf Feld und Wiese,
die weiche Hand der schönen Frau,
wies mir den Weg der Liebe:
Ihr Lächeln strahlt, ihr Haar weht wild,
ihr Körper wie ein Donnerschlag,
der Hunger groß, der Durst gestillt,
ging' wir gemeinsam durch den Tag.

Lucys Reise

Doch nach ein paar Jahren schon,
wurd' sie mir etwas lästig,
der Kaviar zu trocken Brot,
die Blicke stets gehässig.
Sobald mir etwas Freud' verleiht',
mischt' sie sich einfach ständig ein,
nicht leiden konnte sie den Schein,
dass ich nicht länger bei ihr bleib.

Was einst schön an ihrem Wangenrot,
nun tosend wie ein Feuersturm,
was wurd' aus mein' Verlangen bloß,
als ich von ihrem Neid erfuhr?
Ich machte ihr ein Angebot;
ein Hauch von Ruhe und Distanz,
die Leidenschaft zwar hoch gelobt,
Verstand jedoch zum Teil gebannt.

Ihr Blick sodann von Schmerz zersetzt,
mit Wut in Herz und Ader,
sie packte meinen Arm, ganz fest,
sah mich an und sprach dann:
'Die Menschen, sie versteh'n dich nicht,
nur ich erkannte dein Gesicht,
du weißt, dass du vergeblich sprichst,
so liebe keinen, außer mich!'.

Lucys Reise

Mein Wort im Mund zu Asch' zerfalln'
die Frau lag auf der Lauer,
aus gut' Gespräch wurd' bloßer Schall,
aus Brücken wurden Mauern.
Ihr Auftreten von Gier bestimmt,
was bringt mir ihre Liebe,
wenn ich gewinn', ein Hirngespinnst,
jedoch so viel verliere?

Wir trafen uns, nochmals, zu zweit,
und sprach mit ruhiger Stimme:
'Du löstest meine Ketten, Weib;
hältst mich doch fest mit Schlingen!
Einst fühlt' ich mich von Zwang befreit,
zur Freiheit willst du zwingen,
ich schätzte den Zusammenhalt,
doch will, dass du verschwindest!

Sie lächelte, das Hexenweib,
sprach: „Jetzt ist es zu spät,
wer gerne spielt, mit der Gewalt,
muss lern' sie zu versteh'n:

Durch mich tanzt der Gott Dionysos, er bringt uns zu Gericht,
doch wir, wir sind die Richter und die Schuld verlangt er nicht,
also blicke in die Sterne und erkenne sein Gesicht,
vom Punkt in weiter ferne kommt das Licht, das du stets brichst:

Lucys Reise

Er bringt den Schmerz bei der Geburt,
er bringt das Glück der jungen Eltern,
er bringt die Schönheit der Kultur,
die stets mit Grausamkeit bestellt war,

er bringt die hasserfüllte Liebe,
er bringt den den liebevollen Hass,
er bringt die Sehnsucht nach dem Triebe,
er bringt das Leid nach jedem Spaß.

Durch uns sah man stets das Glück,
durch uns sah man stets Verzweiflung,
durch uns wurden sie verrückt,
durch uns sah man die Verheißung,

durch uns wurde Festes flüssig,
jede Wahrheit wurd' zur Lüge,
machen Widersprüche schlüssig,
könn' mit Ehrlichkeit betrügen.

Manchmal wird es düster,
und schon willst du mich verlassen?
Spielst auf Straßen den Verwüster,
doch hast Angst vor einem Schatten?

Siehst du denn nicht die Schönheit, die von Dunkelheit begleitet?
Was wäre schon der Mondschein, wenn die Sonne nichts bereithält?

Lucys Reise

Wenn Wissenschaft zur Hitze fliegt,

wird Wahrheitsliebe Todestrieb,

so schwebe auf dem Wolkenbett,

auf dass du mich stets folgen lässt:

So möchte ich dir beisteh'n,

ein Versprechen soll es sein,

diesen Weg muss man zu zweit geh'n;

bleiben Tag und Nacht vereint:

Ich ergründe jede Ursache, du dann das Symptom,

ich spiele nun die Melodie und du das Metronom.

Ich bin Bedeutung eines Satzes und du bist die Grammatik,

ich bin Freiheit der Spontaneität und du bist meine Taktik.

ich bin der Schmerz der Leichtigkeit, du Genuss des Ernstes,

ich weiß, wir waren einst im Streit, doch hoffe schweren Herzens,

dass diese Zeit vorbei ist und wir arbeiten zusammen,

von nun an ist der Streit und Kampf in Ewigkeit vergangen."

Es fühlt' sich an wie Teufelspakt, trotz engelsgleicher Stimmen,

wie Violinen, voller Pracht, durch Tag und Nacht erklingend.

II

...so frag ich dich, klein Lucy schlau,

antworte mit Vernunft:

Sprach ich vom Bilde einer Frau,

oder doch der....

Kunst ?"

Über den Autor

Sebastian Seybusch, ein 24-jähriger Student der Sozialwissenschaften und Philosophie an der Universität Bielefeld, entwickelte während seinen Forschungen eine ausgeprägte Hassliebe zu Ideen, Eigenschaften, Interpretationen und Wirkungen des Philosophen Friedrich Nietzsche. Auch wenn eine sogenannte „Nietzsche-Phase" in der Jugend unter angehenden Philosophen erst einmal nichts ungewöhnliches ist, so versuchte der Autor diese Zeit mit stilistischen Mitteln festzuhalten und seine Erfahrung in Form eines Märchens zu beschreiben.